ESCUTE, ZÉ-NINGUÉM!

Wilhelm Reich

ESCUTE, ZÉ-NINGUÉM!

Tradução
WALDÉA BARCELLOS

martins fontes

Copyright © 1998, 2007 Livraria Martins Fontes Editora Ltda.,
São Paulo, para a presente edição.
Copyright © 1973 by Mary Boyd Higgins as trustee of the Wilhelm Reich
Infant Trust para o texto original alemão, Rede an den kleinen Mann.
Copyright © 1974 by Mary Boyd Higgins as trustee of the Wilhelm Reich Infant Trust
para a tradução inglesa por Ralph Manheinn com ilustrações de William Steig.
Copyright © 1948 by the Orgone Institute Press, Inc; copyright renovado © by Mary Boyd
Higgins as trustee of the Wilhelm Reich Infant Trust para a primeira tradução
em língua inglesa de Theodore P. Wolfe e ilustrações.
Copyright © 1997 by Mary Boyd Higgins as trustee of the Wilhelm Reich Infant
Trust para a tradução em língua portuguesa.
Esta obra foi publicada originalmente em alemão com o título
Rede an den kleinen Mann.

Publisher *Evandro Mendonça Martins Fontes*
Coordenação editorial *Vanessa Faleck*
Produção gráfica *Carlos Alexandre Miranda*
Revisão da tradução *Monica Stahel*
Revisões gráficas *Eliane Rodrigues de Abreu*
Ana Luiza França
Dinarte Zorzanelli da Silva
Cecília Madarás
Julio de Mattos
Diagramação *Studio 3*

Dados Internacionais de Catalogação na Publicação (CIP)
(Câmara Brasileira do Livro, SP, Brasil)

Reich, Wilhelm, 1897-1957.
Escute, Zé-ninguém! / Wilhelm Reich ; tradução Waldéa Barcellos. – 2ª ed. – São Paulo : Martins Fontes – selo Martins, 2007.

Título original: Rede an den kleinen Mann
ISBN 978-85-336-2383-5

1. Psicologia social I. Título.

07-4921 CDD-301.1

Índice para catálogo sistemático:
1. Psicologia social 301.1

Todos os direitos desta edição reservados à
Martins Editora Livraria Ltda.
Av. Dr. Arnaldo, 2076
01255-000 São Paulo SP Brasil
Tel.: (11) 3116 0000
info@emartinsfontes.com.br
www.emartinsfontes.com.br

Vocês, filisteus santarrões, que zombam de mim!
Desde que governam o mundo,
do que sua política se alimentou?
Da carnificina e do assassinato!

    Charles de Coster, TILL EULENSPIEGEL

Prefácio

Escute, zé-ninguém! é um documento humano, não científico. Foi escrito no verão de 1946 para os Arquivos do Orgone Institute*. Naquela época não havia nenhuma intenção de publicá-lo. Ele reflete o conflito interior de um médico e cientista que havia observado o zé-ninguém por muitos anos, vendo, a princípio com espanto e depois com horror, o que ele *faz a si mesmo*: como sofre, como se rebela, como valoriza seus inimigos e mata seus amigos; como, sempre que adquire poder "em nome do povo", utiliza-o mal e transforma-o em algo mais cruel do que a tirania que sofrera anteriormente, nas mãos de sádicos da classe dominante.

Este apelo ao zé-ninguém foi uma resposta silenciosa às intrigas e à calúnia. Quando foi escrito, ninguém poderia prever que um órgão do governo, encarregado da preservação da saúde pública, aliado a políticos e psicanalistas carreiristas, fosse desencadear um ataque contra a pesquisa sobre o orgone. A decisão de publicar este apelo como

---

* Há indícios nos Arquivos do Orgone Institute de que *Escute, zé-ninguém!* foi elaborado entre 1943 e 1946. (N. do E.)

um documento histórico foi tomada em 1947, quando a peste emocional conspirava para eliminar a pesquisa sobre o orgone (note-se: com a intenção não de provar que essa pesquisa carecia de bases sólidas, mas de eliminá-la por meio da difamação). Sentiu-se que o "homem comum" deveria aprender o que um cientista e psiquiatra é na realidade e como ele, o "zé-ninguém", aparece aos seus olhos experientes. Ele precisa não só se familiarizar com a realidade, já que somente ela pode anular sua desastrosa obsessão por autoridade, mas também ser informado, com muita clareza, do quanto é séria a *responsabilidade* que lhe cabe em tudo o que faz, seja no trabalho, no amor, no ódio, seja apenas em conversas. Ele precisa aprender como acaba se transformando num fascista de direita ou de esquerda. Quem quer que esteja lutando pela preservação da vida e pela proteção das nossas crianças deve necessariamente opor-se ao fascismo, tanto de direita quanto de esquerda. Não porque os fascistas vermelhos, à semelhança dos fascistas de direita no seu apogeu, tenham uma ideologia assassina, mas porque transformam crianças vivas e saudáveis em inválidos, em aleijados e idiotas morais; porque exaltam o Estado mais do que a justiça, a mentira mais do que a verdade e a guerra mais do que a vida; porque as crianças e a preservação da força vital que existe nelas são a única esperança que nos resta. Um educador e médico conhece apenas *uma* lealdade: à força vital na criança e no paciente. Se for fiel a essa lealdade, ele encontrará respostas simples para seus problemas políticos.

Este apelo não pretende ser encarado como um guia para a vida. Ele descreve as tempestades emocionais de um indivíduo produtivo que ama a vida. Não se propõe a convencer pessoas ou conquistar adeptos. Retrata a experiência como um quadro retrata uma tempestade. Não procura despertar a simpatia do leitor. Não formula programa algum. O cientista e pensador só pede uma coisa ao leitor: expressar uma reação pessoal como aquela que poetas e filósofos sempre puderam ter. Trata-se do protesto de um cientista trabalhador contra o desígnio secreto, inconfesso, da peste emocional de destruí-lo com flechas envenenadas atiradas de um esconderijo seguro. Ele mostra o que a peste emocional é, como funciona e como impede o progresso. É também uma profissão de fé nos imensos tesouros que jazem inexplorados nas profundezas da "natureza humana", prontos para serem utilizados para a realização das esperanças humanas.

Aqueles que estão verdadeiramente vivos agem com bondade e sem suspeitas em suas relações humanas, e consequentemente correm perigos nas condições atuais. Eles supõem que os outros pensam e agem com generosidade, bondade e boa vontade de acordo com as leis da vida. Essa atitude natural, fundamental tanto para as crianças saudáveis quanto para o homem primitivo, representará inevitavelmente um grande perigo na luta por um modo de vida racional enquanto persistir a peste emocional, porque os atingidos pela peste atribuem sua própria maneira de pensar e de agir a seus próximos. Um homem bondoso acredita que todos os homens são bondosos; ao passo que um homem infectado pela peste acredita que todos os homens mentem, enganam e têm sede de poder. Em tal situação, os vivos estão em evidente desvantagem. Quando socorrem os contaminados, são sugados até o fim para depois serem ridicularizados ou traídos.

Sempre foi assim. Já está mais do que na hora de os vivos se tornarem resistentes, pois a resistência é indispensável na luta pela preservação e expansão da força vital; essa atitude não deporá contra a sua bondade, desde que eles defendam com bravura a verdade. Há motivos para a esperança no fato de, entre milhões de pessoas decentes e trabalhadoras, existirem *apenas alguns* indivíduos contaminados pela peste, que fazem um mal indescritível ao apelar para os impulsos perigosos e sinistros do homem comum encouraçado e ao mobilizá-lo para o assassinato político. Só existe um antídoto contra a predisposição do homem comum para a peste: seu próprio entusiasmo por uma vida autêntica. A força vital não procura o poder, e sim exige apenas desempenhar seu papel pleno e reconhecido nas questões humanas. Ela se manifesta por meio do amor, do trabalho e do conhecimento.

Quem quer que deseje salvaguardar a força vital do ataque da peste emocional deve aprender a fazer no mínimo tanto o uso – para o bem – da liberdade de expressão de que gozamos nos Estados Unidos, quanto a peste emocional o faz para o mal. Desde que exista igual oportunidade de expressão, a racionalidade está destinada a acabar vencendo. Essa é a nossa grande esperança.

ESCUTE, ZÉ-NINGUÉM!

Você é um "zé-ninguém", um "homem comum"

Eles o chamam de zé-ninguém ou homem comum. Dizem que esta é a alvorada do seu tempo, a "Era do Homem Comum".

Não é *você* quem diz isso, zé-ninguém. São *eles*, os vice-presidentes de grandes nações, os líderes operários e os filhos arrependidos da burguesia, os estadistas e os filósofos. Eles lhe dão o futuro, mas não fazem perguntas sobre o seu passado.

Você herdou um passado terrível. Sua herança é um diamante em brasa em suas mãos. É isso que *eu* preciso lhe dizer.

Um médico, um sapateiro, um mecânico ou um educador terá de conhecer suas deficiências se quiser realizar seu trabalho e com ele ganhar a vida. Já há algumas décadas você vem assumindo o controle, em todas as partes do mundo. O futuro da espécie humana dependerá dos seus pensamentos e atos. No entanto, seus mestres e senhores não lhe dizem como você realmente pensa e o que você realmente é; ninguém ousa confrontá-lo com a única verdade que poderia fazer de você o senhor inabalável do seu destino. Você é "livre" apenas sob um aspecto: livre da autocrítica que poderia ajudá-lo a governar sua própria vida.

Nunca o ouvi queixar-se: "Vocês me exaltam como futuro senhor de mim mesmo e do meu mundo. Mas não me dizem como um homem se torna senhor de si mesmo e não me dizem o que há de errado comigo, o que há de errado com o que penso e faço".

Você permite que os poderosos exijam poder "para o zé-ninguém". Mas você mesmo se cala. Você confere mais poder aos poderosos, ou escolhe homens fracos e maus para representá-lo. E descobre tarde demais que você é sempre enganado.

Eu compreendo você. Porque repetidas vezes o vi nu de corpo e alma, sem máscara, sem rótulo político ou orgulho nacional. Nu como um recém-nascido; nu como um marechal de cuecas. Eu o ouvi chorar e se lamentar; você me contou seus problemas e revelou seu amor e seus anseios. Eu o conheço e o compreendo. Vou lhe dizer o que você é, zé-ninguém, porque realmente acredito no seu grande futuro. Como o futuro indubitavelmente pertence a você, olhe para si mesmo. Veja-se como de fato é. Ouça o que nenhum dos seus líderes ou representantes ousa lhe dizer:

Você é um "zé-ninguém", um "homem comum". Reflita sobre o duplo sentido dos termos "pequeno*" e "comum"...

Não fuja! Tenha a coragem de olhar para si mesmo!

"Que direito você tem de me passar esse sermão?", é a pergunta que vejo nos seus olhos assustados. É a pergunta que ouço na sua língua insolente, zé-ninguém. Você tem medo de olhar para si mesmo, zé-ninguém, tem medo das críticas e tem medo do poder que lhe está prometido. Que uso

---

* No alemão, *klein*. Zé-ninguém é a tradução de *kleiner Mann*, literalmente "pequeno homem". (N. do E.)

irá fazer desse poder? Você não sabe. Tem medo de pensar que você mesmo – o homem que você sente que é – possa um dia ser diferente do que é agora: livre em vez de intimidado, sincero em vez de manipulador, capaz de amar, não como um ladrão no meio da noite, mas em plena luz do dia. Você se despreza, zé-ninguém. Você diz: "Quem sou eu para ter opinião própria, governar minha vida e achar que o mundo é meu?" Tem razão: quem é você para reivindicar sua própria vida? Vou lhe dizer quem você é.

Você difere de um grande homem sob apenas um aspecto: o grande homem foi um dia um zé-ninguém, mas desenvolveu *uma* única qualidade importante. Reconheceu a pequenez e a estreiteza dos seus atos e pensamentos. Sob a pressão de alguma tarefa à qual atribuía grande significado, aprendeu a ver como sua pequenez, sua insignificância, punha em risco sua felicidade. *Em outras palavras, um grande homem sabe quando e de que forma ele é um zé-ninguém. Um zé-ninguém não sabe que é pequeno e tem medo de saber.* Esconde sua insignificância e estreiteza por trás de ilusões de força e grandeza, da força e da grandeza *de alguma outra pessoa*. Sente orgulho dos seus grandes generais, mas não de si mesmo. Admira uma ideia que não teve, *não* uma ideia que teve. Quanto menos entender alguma coisa, mais firme é sua crença nela. E, quanto melhor entende uma ideia, menos acreditará nela.

Vou começar pelo zé-ninguém em mim mesmo.

Há 25 anos venho falando e escrevendo em defesa do direito que você tem à felicidade neste mundo, condenando sua incapacidade para tomar posse do que é seu por direito, e de preservar as conquistas feitas em batalhas sangrentas nas barricadas de Paris e Viena, na Guerra de Secessão americana, na Revolução Russa. Sua Paris resultou em Pétain e Laval; sua Viena, em Hitler; sua Rússia, em Stálin; e seus Estados Unidos podem acabar sob o co-

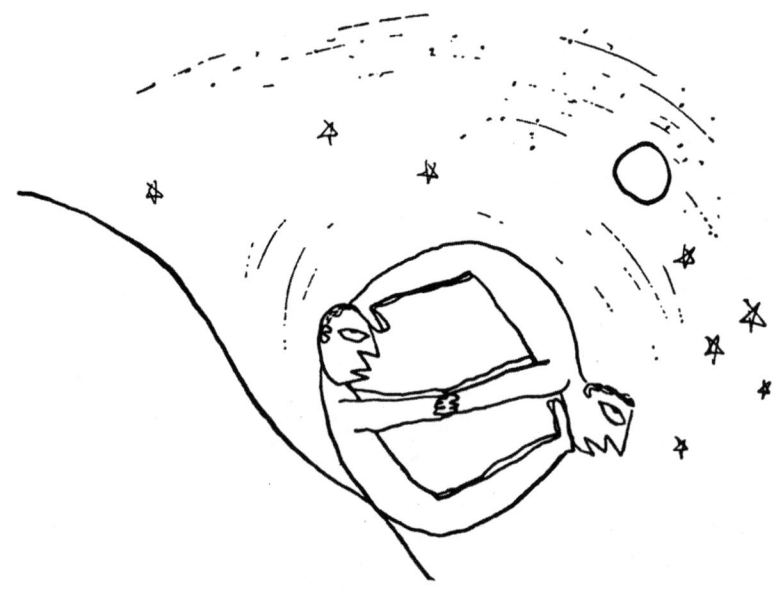

Seu feitor é você mesmo

mando da Ku Klux Klan! Você teve mais sucesso em conquistar a liberdade do que em conservá-la para si mesmo e para os outros. Isso eu sabia há muito tempo. O que eu não compreendia era por que, repetidamente, depois de lutar para conseguir sair de um charco, você acabava afundando em outro pior. Então, tateando e olhando com cautela ao meu redor, descobri aos poucos o que o escravizava: SEU FEITOR É VOCÊ MESMO. Ninguém tem culpa da sua escravidão a não ser você mesmo. *Ninguém mais*, é o que lhe digo.

Isso é novidade para você, não é? Seus libertadores lhe dizem que seus opressores são Guilherme, Nicolau, o papa Gregório XXVIII, Morgan, Krupp e Ford. E quem são esses seus libertadores? Mussolini, Napoleão, Hitler e Stálin.

Eu digo: *"Só você mesmo pode ser seu libertador!"*

A esta altura, hesito. Afirmo lutar pela pureza e pela verdade. Agora, porém, depois de decidir contar-lhe a verdade sobre você mesmo, hesito, por temor a você e à sua atitude para com a verdade. A verdade é perigosa quando diz respeito a você. A verdade pode ser saudável, mas qualquer turba pode se apoderar dela. Se não fosse assim, você não estaria na situação em que está.

Minha razão diz: "Fale a verdade a qualquer preço". O zé-ninguém em mim diz: "Seria tolice pôr-se à mercê do zé--ninguém. O zé-ninguém não quer ouvir a verdade sobre si mesmo. Não quer a enorme responsabilidade que lhe caiu sobre os ombros, que é dele, goste ou não. Quer continuar

Só você mesmo pode ser seu libertador!

sendo um zé-ninguém, ou se tornar um grande zé-ninguém. Quer enriquecer, tornar-se líder de partido, chefe da associação dos veteranos de guerras internacionais ou secretário de uma sociedade pelo aprimoramento moral. Não quer, porém, assumir a responsabilidade pelo seu trabalho, pelo abastecimento alimentar, pela construção, mineração, transportes, educação, pesquisa científica, administração ou seja lá o que for".

O zé-ninguém em mim diz:

"Você se tornou um grande homem, conhecido na Alemanha, Áustria, Escandinávia, Inglaterra, nos Estados Unidos e na Palestina. Os comunistas o atacam. Os 'redentores dos valores culturais' o odeiam. Os afetados pela peste emocional o perseguem. Você escreveu doze livros e 150 artigos sobre a miséria da vida, a miséria do zé-ninguém. Sua obra é ensinada em universidades; outros grandes homens, solitários, dizem que você é um *homem verdadeiramente grande*. Você está entre os gigantes do pensamento científico. Fez a maior descoberta dos últimos séculos, pois descobriu a energia cósmica vital e as leis da matéria viva. Proporcionou uma compreensão do câncer. Você disse a verdade. Por isso, foi perseguido em inúmeros países. Você merece um descanso. Aproveite seu sucesso e sua fama. Em alguns anos, seu nome estará em todos as bocas. Você fez o suficiente. Vá com calma. Dedique-se ao seu trabalho sobre a lei funcional da natureza."

Isso é o que diz o zé-ninguém em mim, porque ele tem medo de você, zé-ninguém.

Por muitos anos, estive em contato íntimo com você, porque conhecia a sua vida através da minha e queria ajudá-lo. Permaneci em contato com você porque vi que de fato o estava ajudando e que você aceitava minha ajuda de bom grado, muitas vezes com lágrimas nos olhos. Só paulatinamente cheguei a ver que você é capaz de aceitar ajuda, mas não de defendê-la. Eu a defendi e lutei muito por você, no seu lugar. Então seus líderes vieram e demoliram minha obra. Você os acompanhou sem um murmúrio. Depois disso mantive-me em contato com você na esperança de encontrar um meio de ajudá-lo sem ser destruído por você, fosse como seu líder, fosse como sua vítima. O zé-ninguém em mim queria conquistá-lo, "salvá-lo", ser encarado com o assombro que você sente pela "matemática avançada", porque não faz a *menor* ideia do que ela seja. Quanto menos você compreende, maior seu assombro. Você conhece Hitler melhor do que Nietzsche, Napoleão melhor do que Pestalozzi. Um rei significa mais para você do que Sigmund Freud. O zé-ninguém em mim aspira a conquistá-lo, como você é geralmente conquistado, pelos tambores dos líderes. Tenho medo de você quando o zé-ninguém em mim sonha "conduzi-lo à liberdade". É que você poderia descobrir a si mesmo em mim e a mim em você, assustar-se e se assassinar em mim. Por essa razão não estou mais disposto a morrer pela sua liberdade de ser escravo indiscriminado.

Escravo indiscriminado

Você não entende. Sei que "liberdade de ser escravo indiscriminado" não é uma ideia simples.

Para avançar da condição de escravo fiel a um *único* senhor e se tornar um escravo *indiscriminado*, você precisa primeiro matar o opressor individual, o czar, por exemplo. Não se pode cometer um assassinato político dessa importância sem motivos revolucionários e um elevado ideal de liberdade. Portanto, você funda um partido revolucionário da liberdade sob a liderança de um homem verdadeiramente grande, digamos, Jesus, Marx, Lincoln ou Lênin. Esse homem verdadeiramente grande leva extremamente a sério a liberdade do zé-ninguém. Se ele quiser resultados práticos, terá de se cercar de zés-ninguéns auxiliares e cumpridores de ordens, pois a tarefa é imensa, e ele não tem como se encarregar dela sozinho. Além do mais, você não o compreenderia, você o ignoraria se ele não reunisse em torno de si grandes zés-ninguéns. Cercado por grandes zés-ninguéns, ele ganha poder para você, ou um pouco da verdade, ou ainda uma fé nova e melhor. Escreve seus ensinamentos, elabora leis para garantir a liberdade, contando com seu auxílio e firme disposição de ajudar. Ele o ergue do atoleiro social em que você se afundara. Para manter todos os grandes zés-ninguéns unidos e não deixar de fazer jus à confiança do povo, o verdadeiro grande homem é forçado, pouco a pouco, a sacrificar a grandeza que alcançou em profunda solidão espiritual, longe de você e da sua agitação diária, embora em íntimo contato com a sua vida. Para liderá-lo, ele precisa permitir que você o idolatre como um deus inacessível. Você não teria confiança nele se ele continuasse a ser o homem simples que foi; se, por exemplo, vivesse com uma mulher fora do matrimônio. Portanto, é *você* quem cria seu *novo* senhor. Elevado à posição de novo senhor, o grande homem perde sua grandeza, que consistia em integridade, simplicidade, coragem e intimidade com as realidades

Grande zé-ninguém

da vida. Os grandes zés-ninguéns, que derivam seu prestígio do grande homem, assumem os altos postos nas finanças, na diplomacia, no governo, nas artes e nas ciências. E você continua onde sempre esteve, *no atoleiro*. Você continua a andar por aí em andrajos, em nome do "futuro socialista" ou do "Terceiro Reich". Você continua a viver em casebres de pau a pique rebocados com bosta de vaca. No entanto, sente orgulho do seu Palácio da Cultura do Povo. Você se satisfaz com a *ilusão* de que detém o poder... Até a *próxima* guerra e a queda dos *novos* senhores.

Em países distantes, zés-ninguéns estudaram atentamente seu anseio por ser um escravo indiscriminado. Isso lhes ensinou como se tornarem grandes zés-ninguéns com pouquíssimo esforço mental. Esses zés-ninguéns não nasceram em mansões, saíram das mesmas camadas que *você*. Passaram fome como você; sofreram como você. E encontraram um modo mais rápido de trocar de senhores. Durante cem anos, pensadores verdadeiramente grandes fizeram sacrifícios irrestritos, dedicando suas mentes e suas vidas à sua liberdade e ao seu bem-estar, zé-ninguém. Os zés-ninguéns provenientes das suas camadas concluíram que tal esforço não é necessário. O que pensadores verdadeiramente grandes alcançaram em um século de provações e de reflexão séria, eles conseguiram destruir em menos de cinco anos. Sim, os zés-ninguéns egressos das suas próprias camadas descobriram um atalho: seu método é mais flagrante e brutal. Eles lhe dizem explicitamente que você e sua vida, seus filhos e sua família não têm nenhuma importância; que você é um lacaio tolo que deve ser tratado como melhor lhes aprouver. Prometem-lhe não a liberdade individual, mas a *nacional*. Nada dizem sobre autorrespeito, mas dizem-lhe que respeite o Estado. Prometem-lhe não a grandeza pessoal, mas a grandeza nacional. Como a "liberdade individual" e a "grandeza individual" nada significam para você, ao passo que a "liberdade nacional" e o "interesse nacional" estimulam suas cordas vocais do mesmíssimo modo como um osso traz água à boca de um cachorro, só o som dessas palavras faz você aplaudir. Nenhum desses zés-ninguéns paga o preço que Giordano Bruno, Jesus, Karl Marx ou Lincoln precisaram pagar pela liberdade genuína. Eles não amam você, zé-ninguém, eles o desprezam *porque você despreza a si mesmo*. Eles conhecem você nos menores detalhes, muito melhor do que o conheceu um Rockefeller ou os conservadores. Conhecem suas piores fraquezas, como *você* deveria conhecê-las. Eles o sacrificaram por um símbolo, e foi você quem lhes deu o poder que exercem sobre você. Você mesmo levou ao topo seus senhores e continua a lhes dar apoio, embora eles tenham arrancado todas as máscaras, ou talvez exatamente por isso. Eles lhe disseram francamente:

Guias e redentores

"Você é e sempre será um ser inferior, incapaz de ter responsabilidade. Você os chama de guias ou redentores e dá gritos de 'hurra'".

Tenho medo de você, zé-ninguém, muito medo, porque o futuro da humanidade depende de você. Tenho medo de você porque seu principal objetivo na vida é fugir – de si mesmo. Você está doente, zé-ninguém, muito doente. A culpa não é sua; mas é sua responsabilidade se curar. Você já se teria livrado dos seus opressores há muito tempo se não tivesse aprovado a opressão, e lhe dado tantas vezes apoio direto. Nenhuma força policial no mundo teria tido o poder de esmagá-lo se você tivesse um mínimo de autorrespeito em sua vida cotidiana; se tivesse a consciência, a real consciência de que sem você a vida não poderia prosseguir por uma hora sequer. Será que seu libertador lhe disse isso? Ele o chamou de "Trabalhadores do Mundo", mas não lhe disse que você e *somente você* é responsável pela sua vida (e não pela honra da pátria).

Você precisa perceber que promoveu seus zés-ninguéns a opressores e transformou em mártires seus verdadeiros grandes homens; estes, os crucificou e apedrejou, ou os deixou morrer de inanição; que nunca dedicou um breve pensamento a eles ou ao que fizeram por você; que não faz a mínima ideia de quem proporcionou os verdadeiros benefícios à sua vida.

"Antes de confiar em você, quero saber quais são as suas convicções."

Quando eu lhe disser quais são as minhas convicções, você vai sair correndo à procura do promotor público, do Comitê contra Atividades Antiamericanas, do FBI, do GPU, do seu jornal de escândalos preferido, da Ku Klux Klan ou dos diversos líderes do proletariado mundial.

Não sou nem branco, nem preto, nem vermelho, nem amarelo.

Não sou nem cristão, nem judeu, nem muçulmano, nem mórmon. Não sou polígamo, nem homossexual, nem anarquista.

Faço amor com uma mulher porque a amo e a desejo, não porque tenho uma certidão de casamento ou por estar faminto de sexo.

Não espanco crianças. Não pesco nem caço, embora seja bom atirador e goste de praticar tiro ao alvo. Não jogo *bridge* e não dou festas para divulgar minhas ideias. Se minhas ideias forem válidas, elas próprias se divulgarão.

Não submeto meu trabalho à apreciação de qualquer autoridade médica, a menos que ela o compreenda melhor do que eu. E sou *eu* que decido quem entende minhas descobertas e quem não.

Respeito ao pé da letra todas as leis que fazem sentido, mas combato as que são obsoletas ou absurdas. (Não vá correndo falar com o promotor público, zé-ninguém! Se ele é um homem honesto, age da mesma forma.)

Quero que as crianças e os jovens apreciem o amor físico sem obstáculos.

Não acredito que, para ser religioso no melhor e autêntico sentido, um homem precise destruir sua vida amorosa e se mumificar de corpo e alma.

Sei que o que você chama de "Deus" realmente existe, mas não na forma que você pensa. Deus é energia cósmica primordial, o amor no seu corpo, sua integridade e sua percepção da natureza dentro e fora de você.

Se alguém, sob qualquer pretexto que fosse, procurasse interferir na minha obra de médico ou de educador, eu o expulsaria. E, se eu fosse chamado a depor, eu lhe faria certas perguntas claras e simples que ele seria incapaz de responder sem sentir vergonha pelo resto da vida – porque sou um homem que trabalha, que sabe como o ser humano é por dentro, que sabe que todo ser humano tem seu valor, e que quer que o mundo seja regido pelo *trabalho,* não por opiniões sobre o trabalho. Tenho minha própria opinião e sei distinguir mentiras da verdade, ferramenta que uso todas as horas do dia, que limpo sempre depois de usá-la e que conservo limpa.

Tenho medo de você, zé-ninguém, muito medo. Nem sempre foi assim. Eu mesmo era um zé-ninguém, em meio a milhões de outros zés-ninguéns. Tornei-me, então, cientista e psiquiatra. Aprendi a ver como você está doente, e como é perigoso nessa sua doença. Aprendi a ver que é seu próprio distúrbio psíquico, não algum poder superior externo a você, que o mantém embaixo – todos os dias, a qualquer hora, mesmo na ausência de qualquer coerção externa. Você teria derrubado os tiranos há muito tempo se no seu íntimo estivesse vivo e em perfeita saúde. No passado, seus opressores provinham das classes mais altas da sociedade; mas hoje eles provêm da sua própria camada. São ainda mais zés-ninguéns do que você, zé-ninguém. Precisam ser mesmo muito pequenos para conhecer sua desgraça a partir da própria experiência e, com base nesse conhecimento, oprimi-lo com *mais eficácia* e *mais crueldade* do que nunca.

Você não sabe discernir, não sabe sentir quem é o homem verdadeiramente grande. O caráter dele, seu sofrimento, sua paixão, sua fúria e sua luta por você são estranhos a você. Você não se dá conta da existência de homens e mulheres que apresentam uma incapacidade inata para oprimi-lo e explorá-lo, homens e mulheres que querem que você seja livre, real e verdadeiramente livre. Você não gosta desses homens e mulheres, porque são estranhos à sua natureza. São simples e francos; valorizam a verdade tanto quanto você valoriza a trapaça. Eles olham para você, não com desdém, mas com tristeza diante da condição humana; no entanto, a percepção de que está sendo olhado lhe dá uma sensação de perigo. Você só reconhece a grandeza desses homens, zé-ninguém, quando muitos outros zés-ninguéns lhe dizem que eles são grandes. Você tem medo de grandes homens, da sua intimidade com a vida e do seu amor pela vida. No entanto, o grande homem o ama como amaria qualquer outro animal, como criatura viva. Ele não quer que você sofra como vem sofrendo há milhares de anos. Não quer que você diga disparates como vem dizendo há milhares de anos. Não quer que você viva como um burro de carga, porque ele ama a vida e deseja que ela seja isenta de sofrimento e humilhação.

Você leva homens verdadeiramente grandes a desprezá-lo, a baixar as cabeças, entristecidos, por você e por sua pequenez, a evitá-lo e, pior de tudo, a *ter pena* de você. Se você for um psiquiatra, zé-ninguém, um Lombroso, por exemplo, irá tachar o homem verdadeiramente grande de criminoso, ou pelo menos de criminoso em potencial, ou de lunático, porque o grande homem, ao contrário de você, não considera que o objetivo da vida esteja na riqueza, em casamentos socialmente convenientes para suas filhas, numa carreira política ou em honras acadêmicas. Por isso, porque ele é diferente de você, você o chama de "gênio" ou de "doido". Ele, por sua vez, está perfeitamente disposto a admitir que não é nenhum gênio, mas apenas uma criatura viva. Você o chama de associal, porque ele prefere ficar só com seus pensamentos a ouvir a tagarelice vazia dos seus encontros sociais. Você afirma que ele é maluco, porque gasta dinheiro em pesquisa científica em vez de investi-lo, como você, em ações. Na sua degradação infinita, zé-ninguém, você ousa chamar um homem simples e franco de "anormal". Compara-o consigo mesmo, com seus medíocres padrões de normalidade e o considera deficiente. Você não percebe, zé-ninguém, você se recusa a reconhecer que está afastando esse homem – que o ama e que só quer ajudá-lo – de toda

A tagarelice vazia das suas ocasiões sociais

vida social porque tanto no salão de festas quanto nos bares você a tornou insuportável. Quem o transformou no que ele é hoje depois de décadas de sofrimento desesperado? Foi você, com sua falta de escrúpulos, sua mentalidade tacanha, seu raciocínio deturpado e suas "verdades eternas", que não conseguem sobreviver a dez anos de desenvolvimento social. Basta pensar em todas as "certezas" pelas quais você jurou no período entre a Primeira e a Segunda Guerra Mundial. Diga-me com franqueza de quantas delas você se retratou. Nenhuma, zé-ninguém. Um grande homem é cauteloso ao pensar, mas, uma vez que se empenha em uma ideia, ele pensa longe. E você, zé-ninguém, o trata como um pária quando sua ideia se revela *sólida* e duradoura, e a sua, zé-ninguém, fogo de palha. Ao transformá-lo em pária, você planta nele a terrível semente da solidão. Não a semente que gera grandes atos, mas a semente do medo, medo de ser mal compreendido e atacado por você. Pois você é "o povo", "a opinião pública", "a consciência social". Algum dia você parou para pensar na enorme responsabilidade que isso implica, zé-ninguém? Algum dia você se perguntou (diga a verdade agora!) se, da perspectiva do desenvolvimento social em longo prazo, da natureza ou de grandes realizações humanas – a de Jesus, por exemplo – seu pensamento está certo ou errado? Não, você nunca se pergunta se seu pensamento está certo ou errado. Você se pergunta o que os vizinhos dirão ou se, caso você aja acertadamente, isso lhe custará dinheiro. É isso que você se pergunta, zé-ninguém; isso e nada mais!

Depois de empurrar o grande homem para a solidão, você se esqueceu do que lhe fez. Apenas disse mais disparates, aplicou mais um golpe sujo, provocou outro ferimento. Você esquece. Um grande homem, no entanto, não esquece. Ele não planeja a vingança, mas PROCURA ENTENDER POR QUE VOCÊ SE COMPORTA DE MODO TÃO DEPLORÁVEL. Sei que isso também está além do seu alcance, zé-ninguém. Mas acredite em mim: ainda que você o fira inúmeras vezes, que lhe inflija ferimentos que não sarem jamais, mesmo que um instante após seu ato mesquinho você se esqueça do que fez, o grande homem sofre no seu lugar pelas iniquidades cometidas por você, não porque são grandes, mas porque são mesquinhas. Ele procura entender o que faz com que você atire lama no marido ou na mulher que decepcionou você, atormente uma criança porque algum vizinho perverso não gosta dela, traia seus amigos, zombe dos generosos apesar de tentar obter deles o que for possível, e se encolha diante do açoite. Ele tenta entender o que faz você *tomar o que é dado, dar o que lhe é exigido, mas nunca dar com espontaneidade e amor*;

Não, você se pergunta o que os vizinhos dirão

o que o faz pisar nos que estão por baixo ou que estão caindo; mentir em vez de dizer a verdade e perseguir não a mentira mas a verdade. Zé-ninguém, você está sempre do lado dos perseguidores.

Para conquistar suas graças, zé-ninguém, para ganhar sua amizade desprezível, um grande homem precisaria adaptar-se aos seus modos, dizer o que você quer ouvir, adornar-se com suas virtudes. No entanto, ele não seria grande, verdadeiro e simples; ele não seria um grande homem se tivesse suas virtudes, sua linguagem e sua amizade, zé-ninguém. Você não pode deixar de perceber que seus amigos, que dizem o que você quer ouvir, jamais foram grandes homens.

Você não acredita que um amigo *seu* possa um dia fazer algo grandioso. Você se despreza em segredo, até – na verdade, especialmente nessas ocasiões – quando afirma sua dignidade; e, como você se despreza, é incapaz de respeitar seu amigo. Você não pode chegar a acreditar que alguém com quem se sentou à mesa ou com quem dividiu uma casa seja capaz de grandes realizações. É por isso que todos os grandes homens foram solitários. Na sua companhia, zé-ninguém, é difícil pensar. Só se pode pensar *sobre* você ou *por seu bem,* mas não *com* você, pois você sufoca todas as ideias grandes e generosas. Se você é mãe, diz a seu filho pensante: "Isso não é adequado para crianças". Se é catedrático de biologia, diz: "Nenhum estudante sério pode concordar com isso. O quê! Duvidar da existência de germes no ar?!". Se é um professor, diz: "Criança bem-comportada não faz perguntas impertinentes". E, se é esposa, diz: "Descoberta? Você fez uma descoberta? Se eu fosse você, iria trabalhar para sustentar minha família!". No entanto, quando a descoberta sai no jornal, zé-ninguém, você acredita nela, quer a entenda quer não.

Eu lhe digo, zé-ninguém, você perdeu todo o sentimento pelo melhor que há em você. Você o sufocou. E, quando

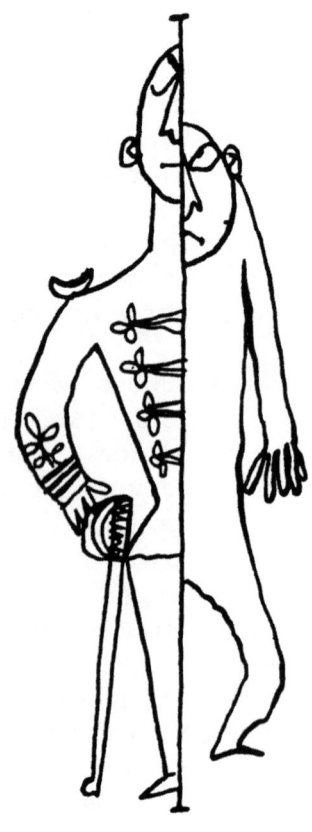

*Você se desprezа em segredo, mesmo – não, especialmente –
quando afirma sua dignidade*

"Germes no ar"

No entanto, quando a descoberta sai no jornal,
você acredita nela, quer a entenda quer não

descobre algo de valioso nos outros, nos seus filhos, na sua mulher, no seu marido, no seu pai ou na sua mãe, você o destrói. Zé-ninguém, você é pequeno e quer continuar pequeno.

Você me pergunta como sei tudo isso. Vou lhe dizer.

Eu conheci você, compartilhei suas experiências. Eu o conheci em mim mesmo. Como médico, eu o libertei do que é pequeno em você; como educador, muitas vezes o orientei pelo caminho da integridade e da franqueza. Sei o quanto você resiste acirradamente à sua própria integridade, conheço o medo mortal que se abate sobre você quando é convocado a seguir sua própria e autêntica natureza.

Você nem sempre é pequeno, zé-ninguém. Sei que tem seus "momentos de grandeza", suas "experiências de entusiasmo" e "exaltação". Falta-lhe, porém, a perseverança para deixar seu entusiasmo decolar, sua exaltação levá-lo a alturas cada vez maiores. Você tem medo de decolar, tem medo das alturas e das profundezas. Nietzsche há muito tempo lhe disse isso, muito melhor do que eu. Ele queria elevá-lo para que você se tornasse um super-homem, para que superasse o meramente humano. Em vez do super-homem de Nietzsche você aceitou o Führer, Hitler. E você continuou sendo o que era, o subumano.

Quero que você deixe de ser subumano e se torne "você mesmo". "Você mesmo", é o que estou dizendo. Não o jornal que você lê, não a opinião do seu vizinho perverso, mas "você mesmo". Eu sei, e você não sabe, o que você realmente é no fundo. Bem no fundo, você é o que um cervo, seu Deus, seu poeta ou seu filósofo são. Você acha, porém, que é membro da associação dos veteranos de guerra, do seu clube de boliche ou da Ku Klux Klan. E, por pensar assim, você se comporta desse jeito. Isso também já lhe foi dito há muito tempo por Heinrich Mann na Alemanha, por Upton Sinclair e John Dos Passos nos Estados Unidos. Você, entretanto, não reconheceu Mann nem Sinclair. Você só

Você tem medo de decolar, tem medo das alturas e das profundezas

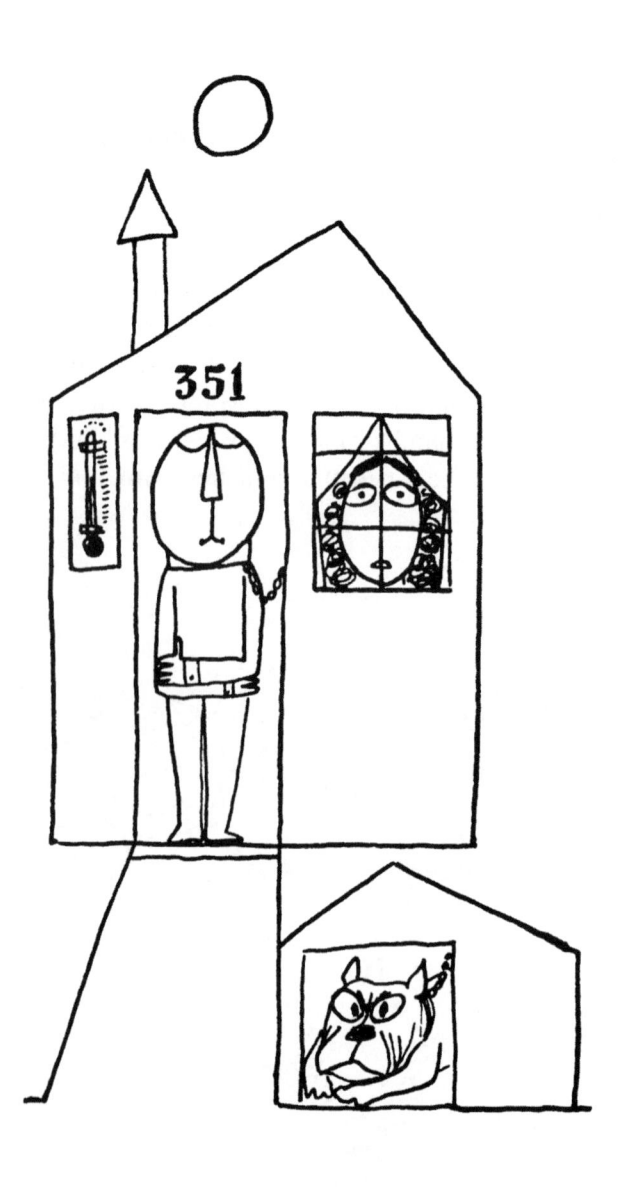

Você invoca a felicidade na vida, mas a segurança tem para você significado muito maior

reconhece o campeão dos pesos pesados e Al Capone. Se lhe for dada a escolha entre uma biblioteca e uma luta, sem dúvida você irá à luta.

Você advoga a felicidade na vida, mas a segurança tem para você significado muito maior, mesmo que ela lhe custe dobrar a espinha ou arrase com sua vida inteira. Como nunca aprendeu a agarrar a felicidade, a apreciá-la e protegê-la, falta-lhe a coragem da integridade. Será que devo lhe dizer, zé-ninguém, que tipo de homem você é? Você ouve propagandas no rádio, anúncios de laxantes, cremes dentais, graxa para sapatos, desodorantes e assim por diante. Não se dá conta, porém, da estupidez infinita, do abominável mau gosto dos cantos de sereia calculados para atrair *sua* atenção. Você algum dia chegou a prestar atenção às piadas de um comediante de boate a seu respeito? A respeito de você, dele mesmo e de todo o seu mundo desgraçado. Ouça bem seus comerciais de produtos para o melhor funcionamento dos intestinos e aprenda quem e o que você é.

Escute, zé-ninguém! Cada uma das suas iniquidades *mesquinhas* lança uma luz sobre a desgraça da vida humana. Cada um dos seus atos mesquinhos diminui a esperança de que se possa melhorar seu quinhão, mesmo que só um pouco. Isso é motivo para tristreza, zé-ninguém, para tristeza profunda e dolorosa. É para evitar essa tristeza que você faz piadinhas tolas. Isso é o que você chama de seu senso de humor.

Você ouve uma piada sobre si mesmo e se junta ao riso. Não ri por apreciar o humor às suas custas. Ri do zé--ninguém sem suspeitar que está rindo de si mesmo, que *a piada é sobre você*. E todos os milhões de zés-ninguéns não percebem que a piada é sobre eles. Por que riram de você com tanto entusiasmo, tanta franqueza, tanta crueldade pelos séculos afora? Já percebeu como fazem as pessoas comuns parecerem ridículas nos filmes?

Vou lhe dizer por que riem de você, zé-ninguém, pois *eu o levo a sério, muito a sério.*

Você ouve uma piada sobre si mesmo e se junta ao riso

Você invariavelmente falta com a verdade em seu pensamento. Você me faz lembrar o atirador brincalhão que errava o alvo de propósito por um fio de cabelo. Você discorda? Vou lhe provar.

Você poderia ter-se tornado senhor da sua existência há muito tempo se seu pensamento visasse à verdade. Dou-lhe um exemplo do seu pensamento:

"É tudo culpa dos judeus", afirma você. "O que é um judeu?", pergunto. "Gente de sangue judeu", você responde. "Como é que se distingue o sangue judeu de outro tipo de sangue?" A pergunta o desconcerta. Você hesita e depois diz: "Eu queria dizer a raça judaica". "O que é raça?", pergunto. "Raça? É óbvio. Exatamente como existe uma raça germânica, existe uma raça judaica." "Quais são as características da raça judaica?" "Um judeu tem cabelos negros, nariz comprido e curvo e olhar penetrante. Os judeus são gananciosos e capitalistas." "Você já viu um francês do sul ou um italiano lado a lado com um judeu? Consegue distinguir entre eles?" "Não, na verdade, não..." "Então o que é um judeu? Seu sangue é igual ao de qualquer outra pessoa. Sua aparência não é diferente da aparência de um francês ou de um italiano. Por outro lado, você já viu algum judeu alemão?" "São parecidos com os alemães." "E o que é um alemão?" "Um alemão é um membro da raça ariana nórdica." "Os indianos são arianos?" "São." "Eles são nórdicos?" "Não." "São louros?" "Não." "Viu, você nem sabe o que é um judeu ou um alemão." "Mas a verdade é que os judeus existem!" "É claro que existem. Os cristãos e os muçulmanos também." "É isso mesmo. Eu estava querendo me referir à religião judaica." "Roosevelt era holandês?" "Não." "Por que você chama um descendente de Davi de judeu se não chama Roosevelt de holandês?" "Os judeus são diferentes." "Qual é a diferença?" "Não sei."

É esse o tipo de baboseira que você diz, zé-ninguém. E, com essas baboseiras, você monta gangues armadas que matam dez milhões de pessoas por serem judias, embora você não consiga sequer me dizer o que é um judeu. É por isso que riem de você; é por isso que qualquer um com algo sério a realizar o evita. É por isso que você está afundado no atoleiro até o pescoço. Chamar alguém de judeu faz você se sentir superior. Faz você se sentir superior porque você se sente inferior. Você se sente inferior porque você mesmo é exatamente aquilo que quer eliminar nas pessoas que chama de judeus. Essa é apenas uma amostra da verdade a seu respeito, zé-ninguém.

Quando você chama alguém desdenhosamente de "judeu", alivia-se a sensação da sua própria pequenez. Descobri isso apenas recentemente. Você chama de judeu qualquer um que lhe desperte respeito demais ou de menos. E, como se houvesse sido enviado à terra por algum poder superior, você se encarrega de determinar quem é judeu. Eu contesto esse direito, independentemente de você ser um zé-ninguém ariano ou um zé-ninguém judeu. Ninguém, a não ser eu mesmo, tem o direito de dizer o que eu sou. Sou uma mistura biológica e cultural e tenho orgulho disso; de corpo e mente sou produto de *todas* as classes, raças e nações. Não finjo ser racial ou socialmente puro, como você; nem ser chauvinista como você, seu fascistinha de todas as nações, raças e classes. Ouvi dizer que na Palestina* você não aceitou um engenheiro judeu por ele não ser circunciso. Não tenho nada mais em comum com judeus fascistas do que com qualquer outro fascista. Não me comovem a língua, a religião ou a cultura dos judeus. Acredito no Deus judeu tanto quanto no Deus cristão ou indiano, mas sei onde é que você obtém seu Deus. Não acredito que os judeus sejam o "povo eleito" de Deus. Acredito que um dia o povo judeu se perderá entre as massas dos animais humanos do planeta, e que isso será bom para eles e para os seus descendentes. Você não gosta de ouvir isso, zé-ninguém judeu. Você insiste na sua identidade judaica porque despreza a si mesmo e aos que lhe são próximos *como judeus*. O próprio judeu é quem mais odeia os judeus. Essa é uma velha verdade. Eu, porém, não desprezo você e não o odeio. Simplesmente não tenho nada em comum com você, em todo o caso, não mais do que com um chinês ou um guaxinim, a saber, nossa origem comum na matéria cósmica. Por que você para em Sem, zé-ninguém judeu? Por que não recua até o protoplasma? A meu ver, a vida tem início com a contração plasmática, não com a teologia dos rabinos.

Foram necessários muitos milhões de anos para você evoluir de medusa a bípede terrestre. Você vem vivendo em rigidez corporal, sua aberração atual, há apenas 6 mil anos. E vai demorar cem, quinhentos ou 5 mil anos para que você redescubra a natureza dentro de você, a medusa em você.

---

* Atual Estado de Israel. Cf. nota no início do texto, ele foi redigido antes da fundação de Israel (1948). (N. do T.)

*Foram necessários muitos milhões de anos para você
evoluir de medusa a bípede terrestre*

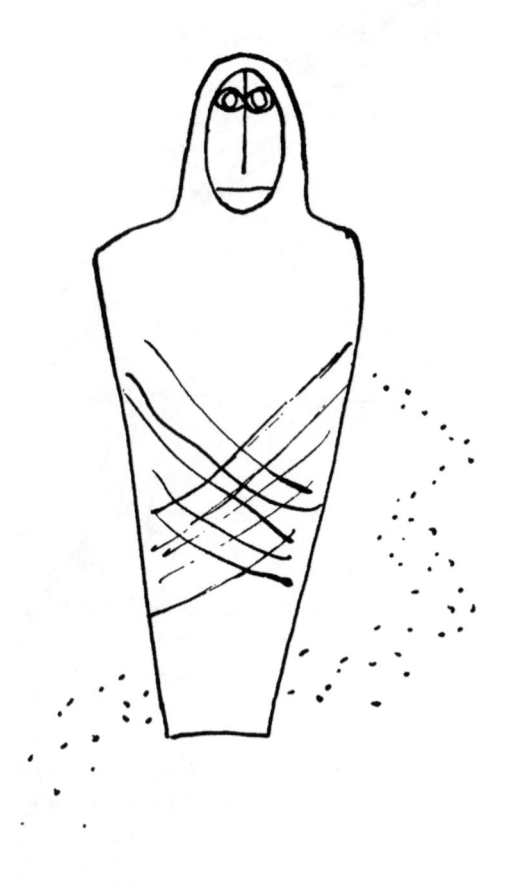

*Você vem vivendo em rigidez corporal, sua aberração atual,
há apenas 6 mil anos*

Descobri a medusa em você e a descrevi com clareza. A primeira vez que ouviu falar nisso, você me proclamou um novo gênio. Você se lembra, sem dúvida. Foi na Escandinávia, quando você andava à procura de um novo Lênin. Eu tinha outras coisas a fazer e declinei dessa honra. Você também me proclamou um novo Darwin, Marx, Pasteur e Freud. Já naquela época eu lhe dizia que você conseguiria falar e escrever tão bem quanto eu, se pelo menos, ó zé--ninguém abençoado, você parasse de dar vivas aos outros. Porque esses gritos de vitória embaçam o raciocínio e entorpecem sua natureza criativa.

Não é verdade, zé-ninguém, que você persegue "mães solteiras" por serem imorais? Não é verdade que você traça uma distinção nítida entre filhos "legítimos" e "ilegítimos"? Que lastimável criatura você é, correndo a esmo neste vale de lágrimas! Você não conhece o significado das suas próprias palavras.

Você cultua o Menino Jesus. O Menino Jesus nasceu de uma mãe sem certidão de casamento. O que você cultua no Menino Jesus, pobre zé-ninguém dominado pelo casamento, é seu próprio anseio pela liberdade sexual! Você exaltou o Menino Jesus "ilegítimo", tornou-o filho de Deus, que não considerava nenhuma criança ilegítima. Mas então, cruel e mesquinho como é, você começou, na pessoa do apóstolo Paulo, a perseguir os filhos do verdadeiro amor e a dar aos filhos do verdadeiro ódio a proteção das suas leis religiosas. Você é *vil*, zé-ninguém.

Você dirige seu automóvel, atravessando pontes concebidas pelo grande Galileu. Você sabe, zé-ninguém de todos os países, que o grande Galileu gerou três filhos fora do casamento? Isso você não conta aos seus alunos. E não foi essa uma das razões para a perseguição a Galileu?

E você sabe, zé-ninguém da pátria de todos os povos eslavos, que o grande Lênin, pai de todos os trabalhadores do mundo (ou de todos os eslavos?), ao chegar ao poder, aboliu o casamento compulsório? Você sabe que ele próprio viveu com uma mulher sem oficializar o casamento? Disso, você fez segredo, não é, zé-ninguém? E depois, através do seu grande líder de todos os eslavos, você restabeleceu as antigas leis do casamento por ser incapaz de incorporar à sua vida o grande feito de Lênin.

Disso tudo, você nada sabe. O que são para você a verdade, a história e a luta pela sua liberdade? E, afinal de contas, quem é você para ter opinião própria?

Você nem suspeita que foram sua própria imaginação lasciva e sua irresponsabilidade sexual que fizeram com que você se algemasse com tais leis do casamento.

Já disse antes e vou repetir: você se sente desgraçado e pequeno; fétido e mentalmente mutilado; você se sente impotente, tenso, rígido, sem vida e vazio. Você não tem namorada; ou, se a tem, sua única intenção é trepar com ela para provar que é homem. Você não conhece o significado do amor. Você tem prisão de ventre. Você toma laxantes. Você cheira mal, sua pele é pegajosa ou áspera como couro. Você não sente nada pela criança no seu colo e por isso quer transformá-la num cachorrinho espancado.

A vida inteira você foi atormentado pela impotência. Ela se insinua em todos os seus pensamentos. Interfere em seu trabalho. Sua mulher o deixou porque você não sabia lhe dar amor. Você sofre de compulsões, palpitações e tensões nervosas. Não consegue parar de pensar em sexo. Alguém lhe fala da minha economia sexual; diz que eu o compreendo e que quero ajudá-lo. Quero torná-lo capaz de ter sua vida sexual à noite para poder trabalhar durante o dia, livre de interferências de pensamentos sobre sexo. Quero que sua mulher fique feliz nos seus braços, não desesperada. Quero que seus filhos tenham o rosto rosado, não pálido, que sejam amorosos, não cruéis. Mas você diz: "O sexo não é tudo nesta vida. Existem outras coisas mais importantes". É assim que você é, zé-ninguém.

Ou talvez, zé-ninguém, você seja um marxista, um "revolucionário profissional", futuro líder dos trabalhadores do mundo, futuro pai de alguma pátria soviética. Você quer livrar o mundo dos sofrimentos. As massas enganadas fogem de você, e você corre atrás delas, aos gritos. "Parem! Parem, massas trabalhadoras! Não estão vendo que eu sou seu libertador? Por que não o admitem? Abaixo o capitalismo!" Eu instilo vida nas suas massas, revolucionário-ninguém. Eu lhes mostro a desgraça de suas vidinhas. Elas me ouvem, ficam radiantes de entusiasmo e esperança e correm para suas organizações porque esperam *me* encontrar ali. E o que é que *você* faz? "O sexo é uma aberração pequeno-burguesa", diz você. "Tudo depende de fatores econômicos." E lê o livro de Van de Velde sobre técnicas amorosas.

Quando um grande homem se dedicou a construir um alicerce científico para sua emancipação, você o deixou morrer de fome. Esmagou a primeira campanha da verdade contra seu afastamento das leis da vida. Quando mesmo assim, apesar de você, a campanha se revelou vitoriosa, você assumiu sua administração e a esmagou uma segunda vez. Na primeira vez, o grande homem dissolveu sua organização. Na segunda vez ele não pôde opor-se a vocês pois estava morto. Você não compreendeu que no trabalho, no trabalho que você faz, ele havia encontrado a força vital que gera valores. Você não compreendeu que sua teoria da sociedade destinava-se a proteger a sua "sociedade" contra o "Estado". *Você não compreendeu absolutamente nada!*

E mesmo com seus "fatores econômicos", você não realiza nada. Um homem sábio e admirável trabalhou toda a vida procurando ensinar-lhe que você precisa melhorar a economia se quiser extrair alguma coisa da vida; que uma civilização não pode ser construída por famintos, mas exige o desenvolvimento de *cada* esfera da vida; que você precisa livrar sua sociedade de *toda* tirania. Esse homem verdadeiramente grande cometeu apenas dois erros em seus esforços para iluminar você. Ele acreditou que você era capaz de liberdade e capaz de salvaguardar sua liberdade uma vez que a conquistara. Seu segundo erro foi proclamar ditador você, o proletário.

E você, zé-ninguém, o que fez com a riqueza intelectual do grande homem? Ele lhe deu ideias elevadas, de longo alcance, mas você guardou apenas uma palavra retumbante: ditadura! De toda a superabundância de um grande e caloroso coração... restou apenas uma palavra: ditadura! Você jogou fora tudo o mais: liberdade, respeito pela verdade, libertação da escravidão econômica, pensamento construtivo, metódico. Só uma palavra infeliz, embora bem-intencionada, permaneceu em você: *ditadura!*

A partir desse pequeno equívoco por parte de um sábio, você criou um enorme sistema de mentiras, perseguições, torturas, prisões, carrascos, polícia secreta, informantes, delatores, uniformes, marechais e medalhas. Todo o resto você jogou fora. Agora está começando a compreender como você é, zé-ninguém? Ainda não? Pois bem, vamos tentar mais uma vez. Você confundiu as "condições econômicas" do seu bem-estar na vida e no amor com a "máquina"; a emancipação do homem com a "grandeza do Estado"; a disposição a fazer sacrifícios por grandes objetivos com a estupidez e teimosia da "disciplina partidária"; o despertar de milhões com a exibição de poderio bélico; amor livre com o estupro indiscriminado quando veio à Alemanha; a abolição da pobreza com o extermínio dos pobres, fracos e

Uniformes, marechais e medalhas

indefesos; cuidado às crianças com a "criação de patriotas"; planejamento familiar com medalhas para as "mães de dez filhos". Você mesmo não foi vítima dessa sua ideia da "mãe de dez filhos"?

A "Pátria do Proletariado" não foi o único país em que a funesta palavra "ditadura" ecoou nos seus ouvidos. Em outros lugares, você a vestiu com uniformes resplandecentes e do seu meio se engendrou o pintor de paredes sádico, místico e impotente que o levou ao Terceiro Reich e 60 milhões da sua espécie à morte. E você continuou gritando: "Hurra! Hurra! Hurra!".

É assim que você é, zé-ninguém. Mas ninguém ousa lhe dizer. Porque têm medo de você, querem que você continue zé-ninguém.

Você devora sua felicidade.

Você nunca experimentou felicidade em plena liberdade, zé-ninguém. É por isso que a consome; por isso que não assume nenhuma responsabilidade pela preservação da sua felicidade. Você não aprendeu (porque nunca teve oportunidade) a cultivar sua felicidade com carinho, como um jardineiro cultiva suas flores e um lavrador, seu trigo. Grandes cientistas, poetas e filósofos mantiveram-se afastados de você, zé-ninguém, porque na sua companhia é fácil devorar a felicidade, mas é difícil cultivá-la, e eles estavam ávidos por cultivar a deles.

Não está entendendo o que quero dizer, zé-ninguém? Pois vou explicar.

Um pesquisador trabalha com afinco durante dez, vinte, trinta anos em sua ciência, sua máquina ou sua ideia social. A novidade do que faz é um cargo assombroso, e ele precisa aguentá-lo sozinho. Ao longo dos anos, ele sofre com as imbecilidades do zé-ninguém, com seus ideais e ideias falsos e desprezíveis; aprende a analisá-los e a entendê-los; e finalmente os substitui por ideias novas. Você não o ajuda

Você devora sua felicidade

nesse trabalho, zé-ninguém. Longe disso! Você não vai até ele e diz: "Meu amigo, estou vendo o quanto você trabalha. Também percebo que está trabalhando na *minha* máquina, ou trabalhando por *meu* filho, *minha* esposa, *meu* amigo, *minha* casa, *meu* campo. Há muito tempo sou atormentado por problemas, mas não consigo ajudar a mim mesmo. Posso ajudá-lo a me ajudar?". Não, zé-ninguém, você nunca vai procurar quem o ajuda para lhe dar ajuda. Você dá vivas, joga cartas, berra em alguma luta ou trabalha como um escravo em alguma fábrica ou mina. Mas nunca se oferece para ajudar quem o ajuda. E vou lhe dizer por que motivo. Porque, no início do trabalho, o pesquisador não tem nada a oferecer a não ser *ideias*. Não oferece lucros, aumento de salário, nenhuma escala de níveis salariais negociada por sindicato, abono de Natal, nem qualquer dos confortos da vida. Tudo o que tem a dividir são problemas; e você não quer saber disso. Talvez você já tenha mais problemas do que precisa.

No entanto, se você apenas se mantivesse à distância e se abstivesse de ajudá-lo, o pesquisador não se entristeceria por sua causa. Ele não pensa, se preocupa e pesquisa "por" você. Faz tudo isso porque é motivado pela sua própria vitalidade funcional. Ele deixa que os líderes dos partidos e os sacerdotes o atendam, cuidem de você e se compadeçam de você. Acha que já está mais do que na hora de você aprender a *cuidar de si mesmo*.

Você, porém, não se contenta em não ajudar; você o atormenta e cospe nele. Quando, depois de anos de trabalho árduo, o pesquisador afinal chega a entender por que você é incapaz de dar à sua mulher felicidade no amor, você vai e diz que *ele* é um depravado sexual. Você diz isso porque *você* é um depravado sexual e *portanto* incapaz de amar, mas isso nunca chega a lhe ocorrer. Se o pesquisador acabou de descobrir por que as pessoas estão morrendo de câncer feito moscas, e se você, zé-ninguém, é um catedrático de Oncologia com uma boa remuneração num hospital de câncer, você diz que ele é um vigarista, que não sabe nada sobre os germes do ar, que gastou ou recebeu dinheiro demais para a pesquisa; ou você lhe pergunta se ele é judeu ou estrangeiro, ou ainda insiste em examiná-lo para determinar se ele é qualificado para lidar com o "seu" câncer; e você prefere deixar que inúmeros pacientes de câncer morram a admitir que *ele* descobriu o que permitiria que *você* salvasse seus pacientes. Seu status acadêmico, sua conta bancária ou seus contatos com a indústria nuclear significam mais para você do que a verdade e o conhecimento. Zé-ninguém, você é e continua sendo pequeno e vil.

Repito: além de não ajudar, você ainda prejudica o trabalho que o pesquisador faz *por você* ou no seu lugar. Agora você compreende por que a felicidade lhe escapa? *A felicidade quer que se trabalhe para alcançá-la e quer ser conquistada.* Você porém apenas deseja devorar a felicidade. Ela foge por não querer ser devorada.

Enquanto isso, o pesquisador conseguiu convencer uma boa quantidade de pessoas de que sua descoberta tem valor prático, de que ela oferece uma possibilidade de compreender certas perturbações psíquicas, de içar cargas, de explodir rochas, de curar tumores ou de enxergar através de matéria opaca com a ajuda de irradiações. Você só acredita nisso depois de ver a notícia nos jornais, porque não confia nos próprios olhos e na própria inteligência. Quando a descoberta sai nos jornais, você vem correndo. De repente, o pesquisador, que há pouco tempo você estava difamando como charlatão, pornográfico, vigarista e ameaça à moral pública, passa a ser um "gênio". Você não sabe o que é um gênio, zé-ninguém. Da mesma forma que não sabe o que é um "judeu", a "verdade" ou a "felicidade". Permita-me relatar o que Jack London disse a respeito do gênio em seu *Martin Eden*. Tenho certeza de que milhões de vocês leram a obra, mas não compreenderam. *"Gênio" é a marca registrada que vocês colam nos produtos quando os expõem à venda.* Se o pesquisador (que até pouco tempo atrás era um "sexomaníaco" ou um "psicótico") acabar se revelando um "gênio", você se apressará ainda mais para *devorar* a felicidade que ele trouxe ao mundo. Na realidade, irá engoli--la, porque *milhões* de zés-ninguéns sairão a gritar "Gênio, gênio" em coro com você. As pessoas virão em multidões para comer os produtos na sua mão. Se você for médico, os pacientes afluirão em bandos. Você poderá ajudá-los com maior rapidez e eficácia e ganhará muito mais dinheiro do que antes. "E o que há de errado nisso?" É o que o ouço dizer, zé-ninguém. Não há nada de errado nisso, é claro. Não há nada de errado em se fazer dinheiro com um trabalho bom e honesto. No entanto, *é errado* não contribuir para a descoberta, não cultivá-la, mas somente explorá-la, *apenas* enriquecer com ela. E é exatamente isso que você faz. Não faz nada para levar adiante a grande descoberta na direção certa. Apenas a assume de forma mecânica, descuidada, gananciosa, estúpida. Você deixa de ver suas possibilidades ou seus limites. Falta-lhe bom senso para ver as possibilidades, e ao mesmo tempo você ultrapassa os limites. Se, na qualidade de médico ou bacteriologista, você sabe que a febre tifoide e o cólera são doenças infecciosas, com certeza desperdiçará trinta anos de pesquisas à procura de um bacilo do câncer. Tendo aprendido com um grande homem que as máquinas funcionam de acordo com certas leis, você constrói máquinas com o objetivo de matar e considera os seres vivos como máquinas. Sob esse aspecto, você caiu em erro, não há três décadas, mas há três séculos. Pois imprimiu indelevelmente conceitos falsos nas mentes de milhares de trabalhadores do campo científico e, além disso, causou danos diretos e graves à própria vida, já que, com base nessa falácia, em nome da sua dignidade, da sua cátedra, religião, conta bancária ou couraça do caráter, você foi levado a perseguir, difamar, prender ou prejudicar de alguma outra forma qualquer um que estivesse realmente na pista da função vital.

Eu sei, eu sei, você quer seus "gênios" e está disposto a homenageá-los. No entanto, você quer gênios *simpáticos*, bem comportados, moderados, sem nada de insensato, não a variedade não domesticada que derruba todos os obstáculos e limites. Você quer um gênio limitado, aparado e podado, que possa exibir em desfile pelas ruas das suas cidades sem constrangimento.

É assim que você é, zé-ninguém. Sabe encher o prato, se servir e devorar tudo, mas *não consegue criar*. E é por isso que você está onde está e é o que é; por isso você passa a vida inteira num escritório lúgubre, batucando numa calculadora, debruçado numa prancheta, preso na camisa de força de um casamento ou ensinando numa sala de aula, apesar de detestar crianças. Você é incapaz de se desenvolver; jamais vai ter uma ideia nova, porque sempre se apossou à vontade e nunca deu nada; porque sempre se serviu do que alguém outro lhe entregou já pronto.

Você não compreende por que isso ocorre e por que precisa ser assim? Posso lhe dizer, zé-ninguém, porque, quando você me procurou com seu vazio interior, sua impotência ou seu distúrbio psíquico, aprendi a reconhecê-lo como um animal rígido. Você só sabe devorar e tomar; é incapaz de criar ou dar; porque sua atitude corporal básica é a da *retenção* e de uma desconfiança desafiadora; porque entra em pânico quando o impulso primordial de dar e de amar se agita em você. É por isso que você *tem medo de dar*. E essencialmente seu modo de se apossar significa apenas

*Você quer gênios simpáticos, bem aparados e podados,
que possa exibir em desfile pelas ruas das suas cidades
sem constrangimento*

uma coisa: você precisa se entupir de dinheiro, comida, felicidade e conhecimento, porque se sente vazio, faminto e infeliz, desprovido tanto do verdadeiro conhecimento quanto do desejo de conhecimento. É por isso que você se esforça tanto para se afastar da verdade, zé-ninguém. A verdade poderia despertar um reflexo de amor. Poderia mostrar – na verdade mostraria – o que eu, mesmo de forma imperfeita, estou tentando lhe mostrar neste momento. E isso, zé-ninguém, você não quer. Você só quer ser um consumidor e um patriota.

"Vocês ouviram isso? Ele está atacando o patriotismo, o baluarte do Estado e da sua célula germinativa, a família. Precisamos dar um basta nisso!"

É assim que você berra, zé-ninguém, quando alguém chama sua atenção para a sua prisão de ventre psíquica. Você não quer saber; não quer escutar. Quer gritar *hurra*. Eu o deixo gritar hurra, mas você não me deixa lhe dizer por que você é incapaz de ser feliz. Percebo medo nos seus olhos, porque minha pergunta o atinge profundamente. Você apoia a "tolerância religiosa". Exige liberdade para amar sua religião, seja ela qual for. Até aí, tudo bem. Mas você quer mais do que isso: quer que todos observem a *sua* religião. Você é tolerante com sua religião, mas com nenhuma outra. E se enfurece com o fato de alguém cultuar não um Deus individual, mas a natureza, de alguém amar a natureza e procurar compreendê-la. Quando um casal descobre que um deles não consegue mais viver com o outro, você quer que um cônjuge leve o outro ao tribunal com acusações de imoralidade ou brutalidade. E você, miúdo descendente de grandes rebeldes, você se recusa a contemplar o divórcio consensual. Você tem medo da sua própria lascívia. Quer a verdade num espelho, onde você não possa alcançá-la e ela não possa alcançá-lo. Seu chauvinismo, zé-ninguém, deriva da sua rigidez corporal, da sua prisão de ventre mental. Não estou dizendo isso para desfazer de você, digo isso porque sou seu amigo, embora você tenha a tendência a matar seus amigos quando lhe dizem a verdade. Dê uma olhada nos seus patriotas: eles não caminham, marcham. Não odeiam seu verdadeiro inimigo; têm inimigos hereditários, que mudam de dez em dez anos, passando de inimigo jurado para amigo por toda a vida e de novo para inimigo jurado. Não cantam músicas, berram hinos. Não abraçam as namoradas, trepam com elas e somam os pontos que fizeram naquela noite. O pior que você pode fazer é me matar, exatamente como liquidou tantos dos seus verdadeiros amigos: Jesus, Rathenau, o generoso Karl Liebknecht, Lincoln e muitos outros. O patriotismo, entretanto, liquidou *você*, zé-ninguém, pisoteou-o e esmagou-o aos milhões. E mesmo assim você está decidido a continuar sendo patriota.

Você anseia por amor; ama seu trabalho e vive dele, ao passo que seu trabalho vive do meu conhecimento e do de outros. Amor, trabalho e conhecimento não conhecem pátria, barreiras alfandegárias nem uniformes. Você, porém, quer ser um zé-ninguém patriota, porque tem medo do verdadeiro amor, medo de assumir a responsabilidade pelo seu próprio trabalho e um medo mortal do conhecimento. É por isso que só lhe é possível servir-se do amor, do trabalho e do conhecimento dos outros, sem conseguir jamais *criar*. É por isso que rouba sua felicidade como um ladrão no meio da noite, é por isso que a visão da verdadeira felicidade o deixa louco de inveja.

"Peguem o ladrão! Ele é um estrangeiro, um imigrante. Ao passo que eu sou alemão, americano, dinamarquês, norueguês!"

Pare de espumar, zé-ninguém! Você é e sempre será um imigrante e um emigrante. Imigrou para este mundo por

É por isso que rouba sua felicidade como um ladrão no meio da noite

Você berra porque está com medo

puro acaso e emigrará dele sem fanfarras. Você berra porque está com medo, está morrendo de medo. Sente que seu corpo está ficando rígido e que aos poucos está ressecando. É por isso que você está com medo, é por isso que chama a sua polícia. No entanto, nem mesmo sua polícia tem poder sobre a minha verdade. Até seu policial me procura com seus problemas: a mulher não está bem, os filhos estão doentes. Seu uniforme e seu revólver escondem o que há de humano nele. De mim, porém, ele não o consegue ocultar; eu vi seu policial nu.

"Ele está registrado na polícia? Seus documentos estão em ordem? Pagou os impostos? Façam uma investigação. A honra e a segurança desta nação estão em jogo."

Sim, zé-ninguém, eu sempre me registrei corretamente, sempre paguei meus impostos. Não são a honra e a segurança desta nação que o preocupam. Você está morrendo de medo de que eu possa mostrá-lo para o mundo como o vi no meu consultório. É por isso que você se esforça tanto para me prender por sedição. Eu o conheço, zé-ninguém! Se por acaso você é promotor público, seu objetivo na vida não é *defender* a justiça; não, o que você procura é um caso sensacional que lhe garanta uma promoção. É atrás disso que estão todos os zés-ninguéns promotores públicos. O tratamento que dispensou a Sócrates foi um típico caso. Você, porém, nunca aprende com a história. Assassinou Sócrates, e é por isso que ainda está no atoleiro. É verdade: você assassinou Sócrates e até hoje ainda não sabe. Você o acusou de solapar sua moral. Ele ainda continua a solapá-la, pobre zé-ninguém. Você matou seu corpo, mas não seu espírito. E continua cometendo assassinatos em nome da lei e da ordem, mas o faz covarde e sorrateiramente. Você não ousa me encarar nos olhos quando me acusa de imoralidade, porque sabe qual de nós dois é imoral, lascivo e obsceno. Alguém disse certa vez que, entre todos os seus inúmeros amigos, ele conseguia lembrar-se de apenas um que nunca havia contado uma piada suja; estava se referindo a mim. Zé-ninguém, seja você promotor público, juiz, chefe de polícia, conheço suas piadas sujas. E sei de onde elas vêm. Por isso, aconselho-o a se calar. Num aperto, você poderia conseguir provar que estavam faltando cem dólares no meu último pagamento de impostos, que cruzei uma fronteira estadual acompanhado de uma mulher, ou que falei carinhosamente com uma criança. Está na *sua* boca, não na minha, essas afirmações parecerem feias e obscenas, por causa do que sua mente velhaca lê nelas. E, como não consegue se comportar de nenhuma outra forma, você acha que sou como você. Não, meu zé-ninguém, não sou como você nessas coisas, e nunca fui. Não faz diferença você acreditar em mim ou não. Certamente você tem um revólver e eu, o conhecimento. Cada um na sua especialidade.

Permita-me que lhe diga, zé-ninguém, como você destrói sua própria vida.

Em 1924, propus um estudo científico do caráter humano. Você ficou entusiasmado.

Em 1928, nosso trabalho começou a apresentar resultados. Você me chamou de "pensador extraordinário".

Em 1933, sua editora estava prestes a divulgar minhas conclusões em livro. Hitler acabava de assumir o poder; eu estava procurando fazer você entender que Hitler conquistou o poder porque o caráter do zé-ninguém é encouraçado. Você se recusou a publicar o livro*, no qual eu expunha como você, e ninguém mais, havia produzido Hitler.

Mesmo assim, meu livro foi publicado, e você ficou entusiasmado. No entanto, matou-o com o silêncio, porque seu "presidente" o havia proibido. Ele também havia aconselhado as mães a reprimir a excitação genital dos bebês fazendo com que prendessem a respiração.

Durante doze anos, você não se manifestou acerca do meu livro apesar do seu entusiasmo.

Em 1945, ele voltou a ser publicado. Você saudou-o como um "clássico". Você ainda está entusiasmado com ele.

Vinte e dois anos, 22 longos anos, cheios de acontecimentos e angústias, passaram desde que comecei a lhe ensinar que o que importa não é a terapia individual, mas a *prevenção* das perturbações psíquicas. E mais uma vez você está se comportando como se comporta há milhares de anos. Durante 22 anos longos e temerosos, ensinei-lhe que as pessoas sucumbem à loucura de um tipo ou de outro ou vivem em miséria de um tipo ou de outro, porque se tornaram rígidas de corpo e alma e porque não são capazes nem de desfrutar nem de dar amor, pois seus corpos não conse-

---

* *Análise do caráter.*

guem, ao contrário do que ocorre com todos os outros animais, entrar em convulsão no ato do amor.

Vinte e dois anos depois de eu lhe contar isso, você diz aos amigos que o essencial não é a cura, mas a prevenção das perturbações psíquicas. No entanto, você continua a se comportar como vem se comportando há milhares de anos. Você estabelece o grande objetivo sem mencionar como deverá ser atingido. *Não menciona a vida amorosa das massas.* Quer "prevenir as perturbações psíquicas" – até aí é permitido dizer – sem tocar no desastre da vida sexual das pessoas – isso é proibido. Enquanto médico, você ainda está atolado até o pescoço na lama.

O que você pensaria de um engenheiro que discorresse sobre a arte do voo sem revelar os segredos do motor e da hélice? É isso que você faz, você, engenheiro da alma humana. Exatamente isso. Você é covarde. Quer as passas do meu bolo, mas não quer os espinhos da minha rosa. Você também, psiquiatra-ninguém, não andou fazendo piadas tolas ao meu respeito? Você não me ridicularizou como "o profeta dos orgasmos melhores e maiores"? Você nunca ouviu as lamúrias de uma jovem esposa cujo corpo foi profanado por um marido impotente? Ou o grito angustiado de um adolescente transbordando de amor insatisfeito? Será que sua segurança ainda representa mais para você do que seu paciente? Por quanto tempo você vai continuar a valorizar sua respeitabilidade mais do que sua missão como médico? Por quanto tempo vai se recusar a ver que sua atitude de protelar, sem querer se comprometer, está custando a vida a milhões?

Você põe a segurança à frente da verdade.

Ao ouvir falar do meu orgone, você não pergunta: "O que ele pode fazer para curar os enfermos?". Não. Você pergunta: "Ele está autorizado a praticar a medicina no Estado de Maine?". Será que não percebe que, embora você e suas malditas autorizações possam atrapalhar um pouco meu trabalho, não podem detê-lo? Que tenho reputação internacional como descobridor da sua peste emocional e como pesquisador da sua energia vital; que ninguém tem o direito de me submeter a exames, a menos que saiba mais do que eu?

Você desperdiça sua liberdade. Ninguém jamais lhe perguntou, zé-ninguém, por que você não teve mais sucesso na conquista da liberdade, ou, se a conquistou, por que a perdeu com tanta rapidez para um novo senhor.

"Vocês ouviram isso? Ele tem o atrevimento de duvidar da democracia e da ascensão revolucionária dos trabalhadores do mundo. Abaixo o revolucionário! Abaixo o contrarrevolucionário! Abaixo!"

Calma, pequeno *Führer* de todos os democratas e do proletariado mundial. Estou convencido de que suas *verdadeiras* perspectivas de alcançar a liberdade dependem mais

Abaixo com ele!

da resposta a essa única pergunta do que de dez mil resoluções das suas convenções partidárias.

"Abaixo com ele! Insultou a nação e a vanguarda do proletariado revolucionário! Abaixo com ele! Que o encostem no paredão!"

Todos os seus gritos de "Viva!" e "Abaixo!" não o deixarão um passo mais próximo do seu objetivo, zé-ninguém. Você sempre pensou que pudesse salvaguardar sua liberdade colocando as pessoas "diante do paredão". *Seria melhor que você se colocasse diante de um espelho...*

"Abaixo!..."

Calma, zé-ninguém. Não tenho a intenção de insultá-lo. Só estou tentando mostrar por que você nunca foi capaz de conquistar a liberdade ou de conservá-la por um tempo razoável. Isso não o interessa de modo algum?

"Abaaaixo..."

Tudo bem. Serei breve. Deixe-me lhe dizer como o zé-ninguém em você se comporta quando você se encontra numa situação de liberdade. Imagine-se estudante num instituto dedicado à saúde sexual de crianças e adolescentes. Você está entusiasmado com a "ideia brilhante", deseja participar do movimento de libertação. Eis o que aconteceu no meu instituto:

Meus alunos estavam debruçados sobre os microscópios, examinando bions do solo. Você estava sentado nu, no acumulador de orgone. Chamei-o, convidando-o a dar uma olhada. Você, então, saiu do acumulador nu em pelo, expondo sua nudez às mulheres e meninas. Eu o repreendi, mas você não compreendeu. E não consegui entender por que *você* não compreendia. Mais tarde, quando discutimos longamente sobre isso, você admitiu que essa havia sido sua ideia da liberdade que encontraria num instituto dedicado à saúde sexual das crianças e de toda a humanidade. Com minha ajuda, você logo descobriu que seu comportamento indecente tinha origem no seu *desprezo* pelo instituto e por sua ideia básica. Será que fui claro?... Nada a dizer? Prossigo, então.

Mais um exemplo de como você desperdiça sua liberdade.

Você sabe, eu sei e todo mundo sabe que você vive eternamente faminto por sexo, que apalpa mentalmente cada pessoa do sexo oposto que passa pelo seu caminho, que você e seus amigos estão sempre contando histórias sujas sobre sexo; em suma, que você tem uma imaginação sórdida e *pornográfica*. Uma noite, eu o ouvi marchando pelas ruas, berrando em coro: "Nós queremos mulheres! Nós queremos mulheres!".

Preocupado com você, organizei clubes nos quais esperava que aprendesse a entender e a superar a infelicidade da sua vida. Você e seus amigos acorreram a esses clubes. Por que, zé-ninguém? Pensei que fosse por um sincero interesse em melhorar suas vidas. Demorei para descobrir a verdadeira razão. Você considerava os clubes como um novo tipo de bordel onde as mulheres estavam disponíveis de graça. Quando me dei conta disso, desfiz os clubes. Não porque considerasse errado conhecer uma mulher num clube, mas porque você se comportava como um porco no cio. Por isso, os clubes foram fechados e mais uma vez você continuou no atoleiro... Tem alguma coisa a dizer?

"O proletariado foi corrompido pela burguesia. Os líderes do proletariado mundial saberão o que fazer. Limparão o estábulo com mão de ferro. E, seja como for, o problema sexual do proletariado se resolverá sozinho!"

Sei exatamente o que você quer dizer, zé-ninguém. Na Pátria do Proletariado, deixaram que o problema sexual se resolvesse por si só. Os resultados puderam ser vistos em Berlim, quando, noite após noite, os soldados proletários estupravam todas as mulheres que conseguiam agarrar.

Noites de Berlim

Cale-se! Você sabe que é verdade. Seus paladinos da "honra revolucionária", seus "soldados da liberdade proletária" o desonraram pelos séculos que ainda estão por vir... Você diz que isso "só poderia ter acontecido durante a guerra"? Pois bem, vou lhe contar mais uma história verídica.

Um futuro líder, que ainda não havia feito sucesso, tinha tanto entusiasmo pela economia sexual quanto pela ditadura do proletariado. Procurou-me e disse: "Você é maravilhoso. Karl Marx ensinou as pessoas a serem economicamente livres. E você as ensinou a serem sexualmente livres. Você lhes disse: 'Saiam e trepem à vontade!'". Sua mente perverte qualquer ideia. Na sua vida, meu abraço amoroso passa a ser um ato de pornografia.

Você não sabe do que eu estou falando, zé-ninguém. É por isso que não para de afundar de novo no charco.

E você, mulher-ninguém, caso acabou sendo professora, sem nenhuma vocação especial, apenas por não ter filhos, está fazendo mal sem ter consciência disso. Supõe-se que esteja educando crianças. A formação de crianças, se levada a sério, implica lidar corretamente com sua sexualidade. *Para poder lidar corretamente com a sexualidade da criança, é preciso que a pessoa conheça por experiência própria o que é o amor.* Você, porém, tem um corpo de barril. É desajeitada e fisicamente repugnante. Só isso basta para provocar no seu íntimo um ódio profundo e rancoroso por todos os corpos atraentes e vivos. É evidente que não a culpo por ter esse corpo de barril, por nunca ter conhecido o amor (nenhum homem saudável poderia tê-la amado), ou por não entender o amor nas crianças. Mas eu a culpo, sim, por transformar em virtude sua aflição, seu corpo destroçado e parecendo um barril, sua falta de beleza e graça e sua incapacidade para o amor, e por sufocar o amor nas crianças. Isso é um crime, mulher-ninguém. Sua existência é prejudicial, porque você faz com que crianças saudáveis se voltem contra pais saudáveis; porque trata como sintoma de doença um amor infantil saudável; porque, mulher-ninguém, não satisfeita em ter a aparência de barril, você pensa e ensina como um barril; porque, em vez de se recolher com modéstia para um cantinho tranquilo da vida, você faz o possível para marcar tudo e todos com sua feiúra, sua deselegância de barril, sua hipocrisia e com o ódio amargo que esconde por trás do sorriso forçado.

E você, zé-ninguém, deixa seus filhos saudáveis à mercê dessas mulheres, que instilam amargura e malignidade nas suas almas sãs. E é por isso que você é como é, vive como vive e pensa como pensa. É por isso que o mundo é como é.

É *assim* que você é, zé-ninguém. Você veio me procurar para aprender o que eu havia descoberto com muito esforço e trabalho. Se não fosse por mim, você seria um médico insignificante e desconhecido em alguma cidadezinha. Eu o elevei, transmiti-lhe conhecimento e minha técnica terapêutica. Ensinei-o a ver como a cada dia, a cada hora, a liberdade é extinta e a servidão, reforçada. Foi-lhe concedida uma posição de responsabilidade como meu representante num país distante. Você tinha liberdade em todos os sentidos da palavra. Eu confiava na sua integridade. No seu íntimo, porém, você se sentia dependente de mim por não ter sido capaz de se fazer sozinho. Precisava de mim porque de mim extraía conhecimento, segurança, visão e, acima de tudo, *desenvolvimento*. Tudo isso eu lhe dei de bom grado, zé-ninguém. Não pedi nada em troca. Mas então você começa a dizer que eu o violentei. Você se torna insolente, imaginando que isso irá "libertá-lo". No entanto, confundir a insolência com a liberdade sempre foi a marca registrada do escravo. Invocando sua liberdade, você se recusa a enviar relatórios do seu trabalho. E agora você se sente livre... livre

Não satisfeita em ter a aparência de barril, você pensa e ensina como um barril; faz o possível para imprimir toda a vida com sua feiúra, sua deselegância de barril, sua hipocrisia e com o ódio amargo que esconde por trás do sorriso forçado

da cooperação e da responsabilidade. É por isso, zé-ninguém, que você e o mundo estão como estão.

Você alguma vez parou para pensar, zé-ninguém, como é ser uma águia com um ninho cheio de ovos de galinha? A águia espera que deles nasçam filhotes de águia, que ela criará para que sejam grandes águias. Um a um, porém, os ovos se abrem e só saem pintinhos. Em seu desespero, a águia se agarra à esperança de que os pintinhos se tornem águias. Mas todos se tornam galinhas cacarejantes. Quando isso fica claro para a águia, seu primeiro impulso é devorar todos os pintinhos e galinhas cacarejantes. A única coisa que a impede de cometer esse crime sábio é a melancólica esperança de que um dia um dentre todos esses pintinhos possa se revelar uma pequena águia, que crescerá para ser uma grande águia, capaz como a mãe de enxergar longe lá do seu alto penhasco e de descobrir novos mundos, novas ideias, novas formas de vida. Só essa última esperança impede a águia solitária e pesarosa de devorar todos os pintinhos e galinhas cacarejantes. Pois eles não sabem que foi uma águia que os chocou. Não sabem que estão morando num penhasco íngreme e altíssimo, muito acima dos vales úmidos e escuros. Não enxergam longe, como a águia solitária. Tudo o que fazem é comer, comer e comer tudo o que a águia traz para eles. Abrigam-se debaixo das suas asas poderosas em busca de calor quando cai a tempestade e a águia a enfrenta sem nenhum auxílio. Ou, quando a situação fica péssima, eles fogem e atiram de seus esconderijos pedrinhas afiadas, com a firme intenção de feri-la. Sob o primeiro impacto dessa traição, a águia quase chega a ponto de devorá-los. Pensa melhor, porém, e se compadece deles. Imagina e espera que um dia uma aguiazinha surja sem dúvida do meio de todos aqueles galináceos cacarejantes, vorazes e míopes, uma aguiazinha que crescerá para se tornar parecida com a mãe.

Os pintinhos da águia

Até hoje, a águia solitária não renunciou a essa esperança. E ainda continua a chocar pintinhos...

Você não quer ser uma águia, zé-ninguém, e é por isso que os abutres o devoram. Você tem medo de águias; é por isso que vive em rebanhos e é devorado em rebanhos. Porque algumas das suas galinhas chocaram ovos de abutre. E os abutres se tornaram seus líderes em sua luta contra as águias, que queriam levá-lo para mundos distantes e melhores. Os abutres o ensinaram a comer carniça, a se contentar com algumas migalhas de cereal e a gritar "Heil, grande abutre!".

E agora você está passando fome e morrendo em grandes rebanhos, e ainda tem medo das águias que chocam os seus pintinhos no seu lugar.

Zé-ninguém, você construiu sua casa, sua vida, sua cultura, sua civilização, sua ciência e tecnologia, seu amor e seus métodos de criar os filhos, na areia. Você não sabe disso, não quer saber e, quando um grande homem lhe diz isso, você o mata.

Em sua aflição, você vem fazer perguntas, sempre as mesmas:

"Meu filho é rancoroso e cruel, tem prisão de ventre e é pálido; destroça tudo que lhe caia nas mãos e grita de pavor à noite; está atrasado na escola. O que devo fazer? Ajude-me!"

Ou: "Minha mulher é frígida, ela não me dá amor. Ela me tortura, tem crises de gritos histéricos e anda por aí com uma dúzia de outros homens. O que devo fazer? Dê-me um conselho!".

Ou: "Vencemos a última guerra, a guerra que terminaria com todas as guerras. E agora eclodiu uma guerra ainda mais horrível. Socorro! O que devo fazer?".

Ou: "A civilização da qual eu tinha tanto orgulho está entrando em colapso sob o peso da inflação. Milhões de pessoas estão passando fome, assassinando, roubando e se arruinando. Já não têm mais esperança de nada. Socorro! Diga-me o que fazer!".

"O que devo fazer? O que devemos fazer?" Essa tem sido sua eterna pergunta ao longo dos tempos.

É o destino das grandes realizações, nascidas de um estilo de vida que põe a verdade acima da segurança: serem engolidas pelo zé-ninguém, para depois serem excretadas em forma de merda.

Há séculos, grandes homens, corajosos e solitários vêm lhe dizendo o que fazer. Repetidamente, você corrompeu, aviltou e arrasou seus ensinamentos; repetidamente foi seduzido pelos pontos mais fracos deles, tomando como princípio norteador não a grande verdade, mas algum equívoco banal. Isso, zé-ninguém, foi o que você fez com o Cristianismo, com a doutrina da soberania do povo, com o socialismo, com tudo o que você toca. Você pergunta por que faz isso. Não creio que realmente queira ter uma resposta. Quando ouvir a verdade, vai gritar em desespero ou cometer um homicídio.

Você fez tudo isso e construiu sua casa na areia, porque tem medo da força vital no seu íntimo ou porque é incapaz de senti-la; porque sufoca e mata o amor no seu filho antes mesmo que a criança nasça; porque não consegue tolerar nenhuma expressão ou movimento livre, vivo e natural. Fica fora de si de tanto pavor e pergunta: "O que o sr. Fulano vai dizer?".

Você tem medo de pensar, zé-ninguém, porque o pensamento anda de mãos dadas com intensas sensações corporais, e você tem medo do seu corpo. Muitos grandes homens o conclamaram: "Volte às suas origens! Preste atenção à sua voz interior; aja segundo seus verdadeiros sentimentos! Respeite e honre o amor!". Mas você está surdo, perdeu toda a sensibilidade a essas palavras. Elas caem em

*Você não consegue tolerar nenhuma expressão ou movimento
livre, vivo e natural*

desertos imensos, zé-ninguém, e os arautos solitários perecem na desolação do ermo que você cria.

Você pôde escolher entre elevar-se a alturas sobre-humanas com Nietzsche ou afundar em profundezas subumanas com Hitler. Você gritou "Heil! Heil!" e escolheu o subumano.

Pôde escolher entre a constituição verdadeiramente democrática de Lênin e a ditadura de Stálin. Escolheu a ditadura de Stálin.

Pôde escolher entre a elucidação proposta por Freud a respeito da essência sexual das suas perturbações psíquicas ou sua teoria da adaptação cultural. Você descartou a teoria da sexualidade e acatou sua teoria da adaptação cultural, que o deixou suspenso no ar.

Pôde escolher entre Jesus, com sua simplicidade majestosa, e Paulo, com seu celibato para os padres e o casamento compulsório e indissolúvel para você. Você preferiu o celibato e a obrigatoriedade do casamento, e esqueceu a simplicidade da mãe de Jesus, que teve seu filho por amor e somente por amor.

Pôde escolher entre a compreensão de Marx sobre a produtividade de sua força viva de trabalho, que é a única fonte do valor das mercadorias, e a ideia do Estado. Você esqueceu a energia viva do seu trabalho e escolheu a ideia do Estado.

Na Revolução Francesa, você pôde escolher entre o cruel Robespierre e o grande Danton. Escolheu a crueldade e mandou a grandeza e a bondade para a guilhotina.

Na Alemanha, você pôde escolher entre Göring e Himmler, por um lado, e Liebknecht, Landau e Mühsam, por outro. Fez de Himmler seu chefe de polícia e assassinou seus grandes amigos.

Pôde escolher entre Julius Streicher e Walther Rathenau. Você assassinou Rathenau.

Pôde escolher entre Lodge e Wilson. Você assassinou Wilson.

Pôde escolher entre a cruel Inquisição e a verdade de Galileu. Você torturou e humilhou o grande Galileu, cujas invenções ainda lhe são úteis; e agora, no século XX, está fazendo reflorescer os métodos da Inquisição.

Pôde escolher entre a terapia de eletrochoques e a compreensão do distúrbio psíquico. Você escolheu a terapia de eletrochoques por medo de enxergar a enormidade da sua própria desgraça. Você quis continuar cego quando somente olhos bem abertos e de visão penetrante podem ser úteis.

Só muito recentemente você pôde escolher entre a letal energia atômica e a benéfica energia do orgone. Coerente com sua teimosia equivocada, você escolheu a energia atômica.

Agora você pode escolher entre a ignorância sobre a célula cancerosa e minha revelação dos segredos dela, o que pode salvar e salvará milhões de vidas humanas. Há anos você vem repetindo as mesmas futilidades na imprensa, mas não tem uma palavra sequer a dizer sobre a compreensão que poderia salvar a vida do seu filho, da sua mulher ou da sua mãe.

Você morre de inanição aos milhões, zé-ninguém da Índia, mas guerreia com os muçulmanos por vacas sagradas. Você anda esfarrapado, zé-ninguém italiano ou eslavo de Trieste, mas o centro de suas preocupações é se Trieste deveria pertencer à Itália ou à Iugoslávia. Sempre considerei Trieste um porto marítimo para embarcações de todo o mundo!

Você enforca nazistas *depois* que eles mataram milhões de pessoas. Onde você estava e no que estava pensando *antes* que esses milhões fossem mortos? Será que algumas centenas de cadáveres não lhe teriam dado no que pensar? Será que é preciso que veja milhões de mortos antes que se agite o que há de humano em você?

Cada um dos seus atos de pequenez e mesquinhez projeta um facho de luz sobre a desgraça sem limites do animal humano. "Para que tanta tragédia?", pergunta você. "Será que você se sente responsável por tudo que há de mau?"

É com observações dessa natureza que você se condena. Se entre milhões, zé-ninguém, você resolvesse assumir a mínima fração da sua responsabilidade, o mundo seria um lugar muito diferente. Seus grandes amigos não pereceriam, aniquilados pela sua pequenez.

É por isso que sua casa continua assentada em areia. O telhado está desabando sobre você, mas você tem sua honra "proletária" ou "nacional". O chão está afundando sob seus pés, e você afunda com ele aos gritos de "Heil, meu grande *Führer*, longa vida à nação alemã, russa, judia!". Os canos de água estouraram, e seu filho está se afogando; mas você ainda defende a "ordem e a disciplina" e procura impô-las ao seu filho a chicotadas. O vento entra uivando pelas suas paredes; sua mulher está de cama, com pneumonia; mas você, zé-ninguém, continua a considerar o que seria um sólido alicerce para a sua existência como uma fantasia do "espírito judeu".

Você vem correndo me procurar e pergunta: "Querido, bom, grande Doutor! O que hei de fazer? O que havemos de fazer? Toda a minha casa está desmoronando, o vento assobia pelas fendas nas paredes, meu filho está doente e minha mulher está em péssimo estado. Eu mesmo não estou bem. O que hei de fazer? O que havemos de fazer?".

"Construa sua casa sobre o granito. Com granito quero dizer sua própria natureza, que você está torturando até a morte, o amor no corpo do seu filho, o sonho de amor de sua mulher, seu próprio sonho de vida quando você tinha dezesseis anos. Troque suas ilusões por um pouco de verdade. Livre-se dos seus políticos e diplomatas! Tome seu destino nas próprias mãos e construa sua vida sobre rocha. Esqueça-se do seu vizinho e olhe para dentro de si mesmo! Também seu vizinho agradecerá. Diga a seus companheiros trabalhadores do mundo inteiro que você não está mais disposto a trabalhar para a morte, mas somente para a *vida.* Em vez de se reunir em multidões para assistir a execuções e gritar hurra, hurra, *crie uma lei para a proteção da vida humana e das suas bênçãos.* Tal lei fará parte do alicerce de granito que sustentará sua casa. Proteja o amor dos seus filhos pequenos das investidas de homens e mulheres lascivos e frustrados. Faça calar-se a solteirona malévola; desmascare-a em público ou mande-a para um reformatório no lugar de jovens ansiosos por amor. Não tente superar na

Livre-se dos seus políticos e diplomatas

exploração quem o explorou, se tiver oportunidade de se tornar chefe. Jogue fora seus fraques e cartolas, e pare de solicitar autorização oficial para abraçar sua mulher. Junte forças com outros da sua espécie em todos os países; eles são como você, no melhor e no pior. Deixe que seus filhos cresçam como quis a natureza (ou 'Deus'). Não procure aperfeiçoar a natureza. Aprenda a compreendê-la e a protegê-la. Vá à biblioteca em vez de ir à luta de boxe, visite países estrangeiros em vez de ir a Coney Island. E, antes e acima de tudo, *pense direito*, confie na tranquila voz interior que lhe diz o que fazer. Você tem sua vida nas mãos, não a confie a mais ninguém, menos ainda aos seus líderes

Coney Island

eleitos. SEJA VOCÊ MESMO! Uma enorme quantidade de grandes homens já lhe disse isso."

"Ouçam só o individualista pequeno-burguês e reacionário! Ele não sabe que a história tem seu curso irreversível e sua lixeira, que é onde ele vai acabar! 'Conheça a si mesmo', diz ele. Lixo burguês! O proletariado revolucionário de todos os países – comandado por seu adorado líder, o pai de todos os povos, de todos os russos, prussianos e pan-eslavos – libertará o povo! Abaixo todos os individualistas e anarquistas!"

"Vida longa aos pais de todos os povos e dos eslavos! Hurra... hurra!" Escute-me, zé-ninguém, vejo problemas que o aguardam.

Você está em vias de assumir o poder. Sabe disso e treme com a ideia. Durante séculos, irá assassinar seus amigos e saudar os *Führers* de todas as nações, de todos os proletários, russos e prussianos. Entra ano, sai ano, você irá saudar um senhor após o outro. Não ouvirá o choro dos seus bebês, os gemidos dos seus adolescentes, os anseios sufocados do seu marido ou da sua mulher; ou, se os ouvir, descartará tudo isso como individualismo burguês. Pelos séculos afora, você derramará sangue em vez de preservar a vida, confiante de estar, com a ajuda do carrasco, construindo sua liberdade. E, dia após dia, ano após ano, você se encontrará atolado na lama até as orelhas. Por séculos e séculos, você acorrerá em rebanhos para ouvir quem quer enganá-lo, você apreciará suas palavras e sucumbirá aos seus encantos maléficos, mas permanecerá surdo e cego ao chamado da sua própria vida. Porque você tem medo da vida, zé-ninguém, você morre de medo. Faz o possível para matá-la, na crença de estar construindo o "socialismo", o "Estado", a "nação" ou a "glória de Deus". Você não vai saber, você não vai querer saber que *o que está realmente construindo, dia após dia e hora após hora, é sua própria*

Você tem medo da vida

desgraça; que você não entende seus filhos, que você destrói a espinha dorsal deles antes que eles consigam se firmar em pé; que você rouba amor; que você é louco por dinheiro e ávido pelo poder; que você cria um cachorro porque está determinado a ser o "senhor" de alguém. Pelos séculos afora você repetirá seus erros até que você e seus iguais sofram uma morte em massa, vítimas da miséria social universal; até que o horror da sua existência acabe por acender em você uma fraca centelha de compreensão de si mesmo. Então, aos pouquinhos, abrindo caminho cautelosamente, você aprenderá a procurar e a encontrar seu amigo, o homem do amor, do trabalho e do conhecimento. Então você aprenderá a compreendê-lo, respeitá-lo e honrá-lo. Então você perceberá que uma biblioteca é mais essencial para sua vida do que uma luta de boxe, que um passeio contemplativo pelos bosques é melhor do que desfilar em eventos cívicos; que curar é melhor do que matar, que a confiança em si mesmo é melhor do que a confiança na nação, e que a modéstia discreta é melhor do que os gritos patrióticos ou de outro tipo.

Você acha que os fins justificam os meios, por mais abjetos que sejam. Eu lhe digo: *O fim é o meio pelo qual você o atinge.* O passo de hoje é a vida de amanhã. Fins grandiosos não podem ser alcançados por meios torpes. Isso você provou em todos os seus levantes sociais. A mesquinhez e a desumanidade dos meios fazem com que você seja mesquinho e desumano, e tornam os fins inatingíveis.

Ouço-o perguntar: "Como então vou atingir meu fim, seja ele o amor cristão, o socialismo, seja a democracia norte-americana?". Seu amor cristão, seu socialismo e sua democracia norte-americana são o que você faz a cada dia, em cada momento, seu modo de pensar, de abraçar sua companheira de vida e amar seu filho; eles são sua atitude de *responsabilidade social* para com seu trabalho e sua determinação de não se tornar como os opressores da vida que você tanto odeia.

No entanto, zé-ninguém, você ultraja a liberdade que lhe é conferida pelas instituições democráticas; você faz o possível para destruir essas instituições em vez de lhes dar raízes firmes na sua vida cotidiana.

Eu o vi, quando refugiado alemão, abusando da hospitalidade sueca. Naquela época, você ainda esperava ser líder de todos os desgraçados da terra. Você se lembra do costume sueco do *smorgasbord*? Ah, claro que se lembra. Você sabe do que estou falando! Será que sua memória é tão curta assim? Vou relembrá-lo, então.

Os suecos têm a generosa tradição de cobrir as mesas das salas de jantar com pratos cheios de iguarias, deixando o hóspede à vontade para comer o quanto quiser. Para você, esse costume era estranho e novo. Você não conseguia entender que alguém pudesse ter tanta confiança na decência humana. Você me contou, com uma alegria maliciosa, que havia passado o dia inteiro sem comer, de propósito, para conseguir se entupir de comida de graça à noite.

"Passei fome quando criança..."

Eu sei, zé-ninguém. Eu o vi passar fome e sei o que é a fome. No entanto, o que você não sabe, futuro salvador das vítimas da inanição, é que ao roubar *smorgasbord* você está perpetuando milhões de vezes a fome dos seus filhos. Há certas coisas que simplesmente não se fazem. Quando se recebe hospitalidade, não se roubam talheres de prata, nem a mulher do anfitrião, nem seu *smorgasbord*! Depois da derrota da Alemanha, eu o vi sentado num banco de parque, meio morto de fome. Você me disse que o "Auxílio Vermelho", organização de assistência do seu partido para todos os desgraçados da terra, havia se recusado a ajudá-lo, porque você não conseguiu provar que era membro do partido. Você havia perdido sua carteira do partido. Seus líderes de todos os

famintos classificam os famintos em vermelhos, brancos e pretos. Nós, por outro lado, não fazemos distinções. Reconhecemos apenas um dado: o organismo com fome.
É assim que você é nas *pequenas* coisas.
E nas *grandes* coisas você é igual, zé-ninguém.

Você se propôs a banir do mundo a exploração capitalista, a pôr um fim no desrespeito capitalista pela vida humana e a conquistar o reconhecimento dos seus direitos. É verdade que a exploração, o desprezo pela vida humana e a ingratidão já estavam conosco há cem anos. Naquela época, entretanto, também havia respeito por grandes realizações, havia lealdade e gratidão aos que faziam grandes benefícios. Quando olho ao meu redor agora, zé-ninguém, vejo você em ação.

Onde você instalou seus próprios pequenos líderes, a exploração da mão de obra é mais intensa do que há um século, o desrespeito pela sua vida é mais brutal, e certos direitos que antes eram reconhecidos desapareceram totalmente.

E onde você ainda está lutando para levar ao poder seus próprios líderes, você perdeu todo o respeito pelas realizações; em vez disso, rouba os frutos do trabalho árduo dos seus grandes amigos. Você não sabe o que significa reconhecer um benefício, porque acha que, se fosse reconhecer ou respeitar alguma coisa, deixaria de ser um americano, russo ou chinês livre. *O que você quis destruir está florescendo mais do que nunca, e o que deveria ter preservado e protegido como se fosse sua própria vida você destruiu.* Aos seus olhos a lealdade é "sentimentalismo" ou é um "hábito pequeno-burguês"; o respeito pelas realizações é um servilismo rastejante. O que você não percebe é que você rasteja quando deveria desprezar e é ingrato quando deveria ser leal.

Você faz as suas, e imagina que isso o levará à terra da liberdade. Você vai acordar do pesadelo, zé-ninguém, e se ver jogado no chão, abandonado, porque você *rouba de quem dá e dá a quem rouba*. Você confundiu o direito à liberdade de expressão e de crítica com o direito de cometer indiscrições e fazer piadas idiotas. Você quer criticar, mas não ser criticado e, em consequência dessa atitude, acaba sendo dilacerado e morto. Quer atacar sem se expor ao ataque. É por isso que sempre atira de tocaia.

"Polícia! Polícia! O passaporte desse homem está em ordem? Ele é médico mesmo? Seu nome não está no *Quem é quem* e a Associação Médica está contra ele."

A polícia não vai levá-lo a lugar nenhum, zé-ninguém. Ela pode prender ladrões e regulamentar o tráfego, mas não tem como conquistar a liberdade para você, nem como preservá-la. Você mesmo destruiu sua liberdade e continua a destruí-la com uma coerência deplorável.

Antes da Primeira Guerra Mundial, não havia passaportes. Era possível atravessar qualquer fronteira que se quisesse, sem formalidades. A guerra pela "paz e liberdade"

Passaporte

instituiu o uso de passaportes. Quem quisesse viajar quatrocentos quilômetros dentro da Europa precisava solicitar permissão aos consulados de dez países diferentes. Hoje, depois da segunda "guerra para acabar com todas as guerras", ainda é assim, como sem dúvida será depois da terceira e da oitava "guerra para acabar com todas as guerras".

"Vocês ouviram isso? Ele está caluniando meu espírito marcial, a honra e glória do meu país!"

Quieto, zé-ninguém! Há dois tipos de sons: os uivos da tempestade no cume da montanha e seus peidos! Você não passa de um peido, e acha que tem o perfume das violetas. Eu curo sua aflição psíquica, e você quer saber se estou no *Quem é quem*. Eu compreendo seu câncer, e seu ministro-ninguém da saúde me proíbe de fazer experiências com camundongos. Ensino seus médicos a entender seu caso, e sua Associação Médica me denuncia à polícia. Você sofre de distúrbio mental, e eles lhe aplicam eletrochoques, exatamente como na Idade Média teriam aplicado a serpente, as correntes ou o açoite.

É melhor ficar quieto, zé-ninguém! Sua vida é desgraçada demais. Não posso ter esperança de salvá-lo, mas vou terminar o que tenho a dizer, mesmo que você venha correndo, de capuz e máscara, com uma corda na mão cruel e ensanguentada para me enforcar. Você não pode me enforcar, zé-ninguém, sem se enforcar. Porque eu sou sua vida, sua percepção de mundo, sua humanidade, seu amor, sua alegria de criar. Não, você não pode me assassinar, zé-ninguém. No passado tive medo de você, tal como um dia tive demasiada fé em você. Desde aquela época, porém, passei por cima de você. Hoje o vejo com a perspectiva dos milênios, para adiante e para trás no tempo. Quero que você perca o medo que tem de si mesmo. Quero que viva mais feliz, mais decentemente; quero que você seja um corpo vivo, não um corpo rígido; que ame seus filhos, não que os odeie; que faça sua mulher feliz, não que a sujeite ao tormento "matrimonial". Sou seu médico e, como você habita este planeta, sou um médico planetário; não sou nem alemão, nem judeu, nem cristão, nem italiano; sou um cidadão da Terra. Você, porém, só tem olhos para os anjos americanos e os demônios japoneses.

"Detenham esse homem! Investiguem sua vida! Ele tem registro para praticar a medicina? Elaborem um decreto real proibindo-o de clinicar sem o consentimento do rei de nosso país livre. Ele está realizando experiências com a função do meu prazer! Levem-no para a cadeia! Deportem-no!"

Eu mesmo conquistei o direito de realizar meu trabalho. Ninguém pode me conferir esse direito. Fundei uma nova ciência que afinal tornou possível compreender você e sua vida. Com a mesma certeza com que há centenas de anos você vem se agarrando a outras doutrinas como último recurso na hora do perigo, você voltará à minha dentro de dez, cem, ou mil anos. Seu ministro da saúde não tem poder sobre mim, zé-ninguém. Ele poderia me influenciar só se tivesse coragem para reconhecer a verdade. Essa coragem ele não tem. Por isso, quando volta ao seu próprio país, ele anuncia que fui internado num hospital psiquiátrico, e por isso nomeia para o posto de inspetor geral dos hospitais um pateta que tentou, por meio de falsificação de experiências, contestar a existência da função do prazer. Entretanto, nada disso me impede de escrever este apelo a você, zé-ninguém. Você precisa de maiores provas de que suas "autoridades" não têm poder algum? Seus especialistas, seus ministros da saúde e seus catedráticos não foram capazes de fazer valer a proibição formal imposta à explicação do seu câncer. Eles me proibiram explicitamente de estudá-lo, dissecá-lo e submetê-lo a uma análise microscópica, mas eu segui adiante. As viagens deles à Inglaterra e à França para solapar meu trabalho revelaram-se inúteis.

Eles ainda estão presos no lamaçal da *patologia*. Mas eu, zé-ninguém, salvei sua vida muitas vezes.

"Quando eu levar meus líderes do proletariado mundial ao poder na Alemanha, vou encostá-lo no paredão! Ele caluniou nossa juventude proletária. Diz que a capacidade do proletariado para o amor está tão prejudicada quanto a da burguesia. Esse homem está transformando minhas organizações de militância juvenil em bordéis. Diz que sou um animal. Está destruindo minha consciência de classe!"

Sim, eu destruo mesmo seus ideais, aqueles ideais que lhe estão custando a razão e que virão a lhe custar a vida. Você não se dispõe a ver seu grande ideal, a não ser num espelho, onde não pode agarrá-lo. *Mas só a verdade segura por seu punho cerrado pode fazer de você o senhor desta terra!*

"Expulsem esse homem do país! Tornem sua vida insuportável! Ele está solapando a lei e a ordem. É um espião a soldo dos meus inimigos mortais! Comprou uma casa com o ouro de Moscou (ou de Berlim)!"

Você não compreende, zé-ninguém! Uma velhinha tinha medo de camundongos. Tinha medo de que os camundongos rastejassem por baixo da saia e entre as pernas dela. Não teria tido esse tipo de fobia se tivesse conhecido o amor. Era minha vizinha. Sabia que eu tinha camundongos no porão. A partir do meu trabalho com camundongos, aprendi a compreender o seu câncer. A pobre velhinha pressionou você, zé-ninguém, que era proprietário da minha residência, para que me despejasse. Armado com sua enorme coragem, com seu elevado idealismo e moralidade, você me deu o aviso. Precisei comprar uma casa; essa foi a única maneira de eu poder continuar a examinar camundongos, sem ser molestado por você ou por sua covardia. O que você fez, zé-ninguém? Na pessoa de um ambicioso promotor--ninguém público, você resolveu me usar, uma figura de

Amar é ilegal. É permitido trepar...

projeção, considerada perigosa por muitos, para promover sua carreira. Disse que eu era espião alemão ou russo. Mandou me prender. No entanto, valeu a pena ver você ali sentado durante minha audiência, enrubescendo até a raiz dos cabelos. Estava tão patético que senti pena de você. E, quando seus agentes secretos vasculharam minha casa à procura de "material incriminatório", o que disseram a seu respeito não foi agradável.

Mais tarde, deparei novamente com você, dessa vez na pessoa de um juiz-ninguém do Bronx, com altas ambições e futuro incerto. Você fez questão de mencionar a existência de livros de Lênin e de Trotsky na minha biblioteca. Você não sabia para que serve uma biblioteca, zé-ninguém. Eu disse na sua cara que eu também tinha Hitler, Buda, Jesus, Goethe, Napoleão e Casanova na minha biblioteca, e expliquei que, para entender a peste emocional, é preciso examiná-la detidamente de todos os ângulos. Isso foi novidade para você, juiz-ninguém.

"Levem-no para a cadeia! É um fascista! Ele menospreza o povo!"

Você não é o "povo", zé-ninguém. Você é quem menospreza o povo, pois você trabalha não pelos direitos dele, mas pela sua própria carreira. Isso também já lhe foi dito por uma infinidade de homens generosos. Só que você nunca os leu, zé-ninguém, disso tenho certeza. Mostro respeito pelo povo ao incorrer em sério perigo para dizer a verdade a ele. Poderia muito bem jogar *bridge* com você e fazer piadinhas idiotas. Mas não me disponho a sentar à mesma mesa que você. Você é um péssimo defensor da Declaração da Independência.

"É um trotskista! Levem-no para a cadeia! É um comunista que não vale nada e está incitando o povo!"

Acalme-se, zé-ninguém. Não estou incitando o povo, estou tentando incitar sua confiança em si mesmo e sua humanidade; e isso você não consegue tolerar, porque deseja fazer carreira e ganhar votos, para poder ser juiz do supremo tribunal ou líder do proletariado mundial. Sua justiça e sua liderança, zé-ninguém, são uma corda no pescoço da humanidade. O que você fez a Woodrow Wilson, aquele grande homem de coração generoso? Aos seus olhos, se você é um juiz no Bronx, ele era um "idealista maluco"; ou, se você é um futuro líder do proletariado mundial, ele era um "sanguessuga capitalista". Você o assassinou, zé-ninguém; você o assassinou com sua indiferença, sua conversa idiota, seu medo da sua própria esperança.

Você quase assassinou a mim também, zé-ninguém! Lembra-se do meu laboratório há dez anos? Eu o admiti como assistente. Você estava desempregado. Você me havia sido recomendado como um socialista destacado, membro de um partido do governo. Você tinha um bom salário e era livre em todos os sentidos da palavra. Eu o convidava para todas as nossas conferências, porque acreditava em você e na sua "missão". Lembra-se, zé-ninguém, do que aconteceu então? A liberdade lhe subiu à cabeça. Dia após dia, eu o via perambulando de um lado para o outro, com o cachimbo na boca, sem fazer nada. Por que não estava trabalhando? Eu não conseguia entender isso. Pela manhã, quando eu chegava ao laboratório, você esperava com ar de provocação pelo meu cumprimento. Gosto de cumprimentar as pessoas primeiro, zé-ninguém. No entanto, quando alguém *espera* pelo meu cumprimento, isso me irrita, porque do *seu* ponto de vista eu era seu "sênior" e seu patrão. Permiti que você abusasse da sua liberdade por mais alguns dias. Então tive uma conversa com você. Você admitiu em lágrimas que não conseguia se ajustar às novas condições. Não estava acostumado à liberdade. No seu emprego anterior, não lhe era permitido fumar na presença do chefe; você só podia falar quando alguém lhe dirigia a palavra, você, futu-

Pesquisa do câncer

ro líder do proletariado mundial. E agora que lhe davam uma liberdade *verdadeira*, você se tornava insolente e provocador. Como eu o compreendi, não o demiti. Você então foi embora e falou das minhas experiências a algum psiquiatra forense, adepto da abstinência sexual. Era *você* o informante secreto, um dos hipócritas desprezíveis que desencadearam a campanha dos jornais contra mim. É assim que você é, zé-ninguém, quando lhe dão liberdade. No entanto, ao contrário do que você pretendia, sua perseguição fez meu trabalho avançar dez anos.

Considerando tudo isso, estou me despedindo de você, zé-ninguém. Não vou servir-lhe mais. Recuso-me a permitir que meu interesse por você me torture lentamente até a morte. Você não pode me acompanhar aos lugares distantes aos quais me dirijo. Você morreria de pavor se chegasse a suspeitar o que o futuro lhe reserva –, pois indubitavelmente você está em vias de herdar a terra, zé-ninguém! Meus refúgios solitários fazem parte do seu futuro. Por enquanto, porém, não o quero como companheiro de viagem. Como companheiro de viagem, você até pode ser bom num vagão de trem de primeira classe, mas não em relação ao lugar para onde estou indo.

"Matem esse homem! Ele despreza a civilização que eu, o zé-ninguém das ruas, construí. Sou um cidadão livre de uma democracia livre. Hurra!"

Você não é nada, zé-ninguém! Nada de nada! Você não construiu esta civilização, ela foi construída por alguns dos seus senhores mais decentes. Mesmo que você seja construtor, você não sabe o que está construindo. Se eu ou alguma outra pessoa dissesse: "Assuma responsabilidade pelo que está construindo", você me chamaria de traidor do proletariado e correria em rebanho até o Pai de todos os proletários, que *não* diz esse tipo de coisa.

Você não é livre, zé-ninguém, e não faz a menor ideia do que seja a liberdade. Não saberia viver em liberdade. Quem levou a peste ao poder na Europa? Você, zé-ninguém! E nos Estados Unidos? Pense em Wilson!

"Ouçam-no! Ele está acusando a *mim*, o zé-ninguém! Quem sou eu? Que poder tenho eu para interferir no que o presidente dos Estados Unidos faz? Cumpro meu dever e obedeço a ordens. Não me meto em política."

Quando você arrasta milhares de homens, mulheres e crianças para as câmaras de gás, você só está obedecendo a ordens. Não é verdade, zé-ninguém? E você é tão inocente que nem sabe que essas coisas estão acontecendo. Você é apenas um pobre diabo, cuja opinião não vale nada, que sequer tem opinião. E, seja como for, quem é você para se

Você põe seu general num pedestal; assim, consegue respeitá-lo

meter em política? Eu sei, eu sei! Já ouvi tudo isso muitas vezes. Mas então eu pergunto: por que você não cumpre seu dever em silêncio quando um homem sábio lhe diz que você, e só você, é responsável pelo que faz, ou quando ele tenta convencê-lo a não espancar seus filhos, ou quando lhe implora pela milésima vez que você pare de obedecer a ditadores? O que ocorre, então, com seu dever, sua obediência inocente? Não, zé-ninguém, quando a verdade fala, você não ouve. Você só presta atenção a fanfarronadas. E então grita: "Hurra! Hurra!" Você é covarde e cruel, zé-ninguém; não tem senso do seu verdadeiro dever, que é ser um *homem* e preservar a *humanidade*. Você imita tão mal os sábios e tão bem os bandidos. Seus filmes e seus programas de rádio estão cheios de assassinatos.

Você ainda vai arrastar a si mesmo e sua baixeza por muitos séculos antes de se tornar senhor de si mesmo. Estou me despedindo de você para poder trabalhar com maior eficácia pelo seu futuro, porque quando estou longe você não consegue me matar; e porque você respeita mais meu trabalho a distância do que quando estou ao seu alcance. *Você despreza qualquer coisa que lhe seja muito próxima!* É por isso que põe seu general ou marechal proletário num pedestal; assim, por mais desprezível que ele seja, você consegue respeitá-lo. E é por isso que os grandes homens sempre se mantiveram distantes de você desde os primórdios da História.

"Isso é megalomania. O homem está louco, furioso!"

Eu sei, zé-ninguém, você é muito rápido no diagnóstico da loucura quando uma verdade não lhe convém. Você se considera "normal"! Trancafiou os lunáticos, e o mundo é dirigido por vocês, pessoas normais. Então, de quem é a culpa por todos esses problemas? Não é sua, claro que não; você apenas cumpre seu dever; e quem é você para ter opinião própria? Eu sei. Não precisa repetir isso. Não é com você que me preocupo, zé-ninguém! Mas, quando penso nos seus filhos, quando penso em como destrói suas vidas atormentando-os na tentativa de torná-los "normais" como você, quase tenho vontade de voltar para você e fazer o possível para impedir seus crimes. No entanto, também sei que você tomou suas precauções quanto a isso, nomeando ministros de educação e de assistência à infância.

Gostaria de poder levá-lo numa pequena volta ao mundo, zé-ninguém, para lhe mostrar o que, na qualidade de "apóstolo e encarnação do povo", você é e foi no presente e no passado em Viena, Londres e Berlim. Você se encon-

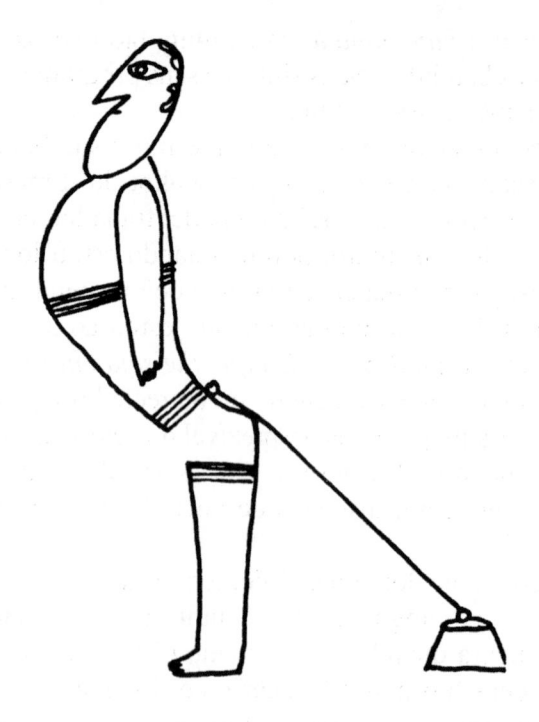

O homem "normal"

traria por toda parte e se reconheceria sem dificuldades, independentemente de ser francês, alemão ou hotentote, se ao menos tivesse a coragem de olhar para si mesmo.

"Ele está me insultando, está ultrajando minha missão."

Não o estou insultando, zé-ninguém, tampouco estou ultrajando sua missão. Ficarei muito feliz se você me mostrar que estou errado, se você *provar* que é capaz de olhar para si mesmo e de se reconhecer, se você puder me dar o mesmo tipo de provas que eu esperaria de um pedreiro que está construindo uma casa. Eu esperaria que ele me mos-

Quando penso nos seus filhos, quando penso em como destrói suas vidas atormentando-os na tentativa de torná-los "normais" como você...

trasse que a casa existe e é habitável. E, se eu provar que em vez de construir casas ele apenas fala sobre sua "missão de construir casas", esse pedreiro dificilmente terá o direito de me acusar de insultá-lo. Do mesmo modo, cabe a você provar que é o apóstolo e a encarnação do futuro do homem. Não adianta procurar se ocultar como um covarde atrás da "honra" da nação, ou do proletariado, porque você já mostrou muito da sua verdadeira natureza.

Repito: estou me despedindo de você. Essa decisão me tomou muitos anos e me custou inúmeras noites insones, de tormento. Seus futuros líderes do proletariado mundial não tornam as coisas tão difíceis assim para si mesmos.

Hoje são seus líderes e amanhã você os encontrará rodando exemplares de algum semanário indefinido. Mudam de opinião com a mesma facilidade com que um homem muda de camisa. Eu não mudo minhas opiniões como se fossem camisas sujas. Mantenho-me fiel a você e ao seu futuro. No entanto, como você é incapaz de respeitar qualquer um com quem conviva, sou obrigado a me afastar de você. Seus bisnetos herdarão meus esforços. Sei disso e não me incomodo de esperar que eles aproveitem os frutos do meu trabalho, tal como venho esperando há trinta anos que você os aceite e faça uso deles. Tudo que você faz, entretanto, é gritar "Hurra, hurra" ou "Abaixo o capitalismo" ou "Abaixo a Constituição".

Há uns cem anos, fazendo eco aos físicos e aos construtores de máquinas, você começou a balbuciar que a alma não existe. Foi então que um grande homem surgiu e lhe mostrou sua alma, mas ele não foi capaz de lhe dizer como essa alma está ancorada no corpo. Você contestou. "A psicanálise é um absurdo! É charlatanismo! Pode-se analisar a urina, não a alma." Você pôde falar assim porque tudo o que via na medicina era o exame de urina. A luta pela sua alma prosseguiu ao longo de quarenta anos de dificuldades. Conheço essa luta porque participei dela por você. Um dia você descobriu que podia ganhar muito dinheiro com a alma humana doente. Bastava fazer com que um paciente mental passasse uma hora por dia com você por alguns anos, e cobrar-lhe um certo valor por hora.

Só então, e nem um segundo antes, você se convenceu da existência da alma. Enquanto isso, o estudo do seu corpo perecível prosseguia sem alarde. Descobri que sua alma é uma função da sua energia vital; em outras palavras, descobri que o corpo e a alma são uma unidade. Seguindo essa pista, descobri ainda que sua energia vital se expande quando você se sente feliz e amoroso e se contrai quando você está sofrendo de ansiedade. Durante quinze anos, você me ignorou. Mas continuei pelas mesmas coordenadas e descobri que essa energia vital, que chamei de "orgone", também existe na atmosfera fora do seu corpo. Consegui vê-la no escuro e consegui criar um aparelho para amplificá-la e torná-la visível em *flashes*. Durante dois anos, enquanto você jogava cartas ou falava bobagens sobre política, ou atormentava sua mulher ou destruía seu filho, eu passava muitas horas por dia no escuro, verificando minha descoberta da sua energia vital. Aos poucos, descobri uma forma de demonstrá-la para outras pessoas, e ficou evidente que elas viam o mesmo que eu via.

E agora, se você é um médico que acredita que a psique é uma secreção das glândulas endócrinas, declara a um dos pacientes que consegui curar que meu êxito decorreu da "sugestão". Se você sofre de dúvidas obsessivas e tem medo do escuro, diz que o fenômeno que acaba de observar foi produto da sugestão e que se sentiu como se estivesse participando de uma sessão espírita. É assim que você é, zé-ninguém! Em 1946, você faz afirmações ridículas sobre a alma com a mesma confiança com que negava sua existência em 1920. Você ainda é o mesmo zé-ninguém. Em 1984, você não hesitará em fazer dinheiro com o orgone e caluniar, ridicularizar e desdenhar alguma outra verdade, exatamente como caluniou, ridicularizou e desdenhou a descoberta da alma ou da energia cósmica. E continuará sendo o zé-ninguém, o zé-ninguém "crítico", gritando hurras por toda parte. Você se lembra de como ridicularizou a descoberta de que a terra não é imóvel, mas gira no seu eixo e orbita em volta do sol, alegando que, se isso fosse verdade, os copos na bandeja de um garçom oscilariam e cairiam? Isso foi há alguns poucos séculos, zé-ninguém. É claro que você esqueceu. Tudo o que você sabe sobre Newton é que ele viu uma maçã cair de uma árvore, e de Rousseau, que ele queria "voltar à natureza". De Darwin, você guardou apenas a "luta pela sobrevivência", não o fato de você descender do macaco. E do *Fausto* de Goethe, que tanto lhe agrada citar, você entende tanto quanto um gato entende de matemática. Você é tolo e vaidoso, vazio e simiesco, zé-ninguém. Com uma convicção implacável, deixa de lado o essencial e se agarra ao que é ilusório e errôneo. Já lhe disse isso antes. Nas suas livrarias, exibem-se edições de luxo do seu Napoleão, aquele zé-ninguém debruado de ouro, que não deixou ao mundo nada além do serviço militar obrigatório. Em nenhuma das suas livrarias, porém, é possível encontrar um exemplar do meu Kepler, com as primeiras sugestões da sua origem cósmica. É por isso que você está e permanecerá no atoleiro, zé-ninguém. É por isso que você insiste em acreditar que gastei vinte anos de preocupações e dor, para não falar no dinheiro, procurando convencê-lo da existência da energia cósmica por "sugestão". Não, zé-ninguém. Com tanto sacrifício, cheguei de fato a aprender a curar a peste no seu corpo. Você não acredita em mim. Na Noruega, eu o ouvi dizer: "Qualquer um que gaste tanto dinheiro em experiências é decididamente louco". Eu o compreendi. Você me julga por si mesmo. *Você só pode tomar, não pode dar.* É por isso que lhe é tão inconcebível que um homem possa experimentar sua máxima alegria na doação quanto lhe é inconcebível passar mais de três minutos com alguém do sexo oposto sem começar a f...

Você rouba os benefícios da vida. Eu o respeitaria se você fosse um grande ladrão, mas você é pequeno e covarde. É também astuto e hábil, mas, como sofre de prisão de ventre mental, não consegue criar. Por isso, você rouba um osso e se afasta rastejando para roê-lo. Freud uma vez lhe disse a mesma coisa. Você se reúne em torno de quem dá com alegria e disposição e o suga até a última gota. Você suga e, na sua perversidade, chama o outro de "sugador". *Você se farta com o conhecimento, a felicidade e a grandeza dele, mas não consegue digerir o que comeu.* Tudo sai direto na merda e tem um fedor repugnante. Ou, para proteger sua dignidade depois do roubo, você calunia a vítima chamando-o de louco, charlatão ou sedutor de menores.

É, "sedutor de menores"! Você se lembra, zé-ninguém (na época, você era presidente de uma organização científica), de como me caluniou, dizendo às pessoas que eu estimulava meus filhos a assistirem ao ato sexual? Eu acabava de publicar meu primeiro artigo sobre os direitos genitais das crianças. E outra vez, você se lembra (nessa ocasião, você era presidente de uma "associação em prol de algum tipo de cultura" em Berlim) de como espalhou o boato de que eu levava adolescentes para o bosque no meu carro para seduzi-las? Nunca seduzi uma adolescente que fosse, zé-ninguém. Isso faz parte da *sua* mente obscena, não da minha. Amo minha esposa ou minha mulher. Não sou como você, que sonha em seduzir menininhas no bosque porque não consegue amar sua mulher.

E você, garota-ninguém, não sonha com algum astro do cinema? Não leva o retrato dele para a cama todas as noites? Não se aproxima dele sorrateira, alegando ter mais de 18 anos, e o seduz? E depois, o que acontece? Você não arrasta esse seu astro aos tribunais para acusá-lo de estupro? Ele é condenado ou inocentado, e as suas avós beijam as mãos do grande astro! Está me entendendo, menina-ninguém?

Você queria ir para a cama com o astro famoso, mas não tinha coragem para fazê-lo assumindo sua própria responsabilidade; por isso, pôs nele a culpa, coisa-ninguém estuprada. Ou, falando nisso, você, pobre mulher estuprada, que sentiu mais prazer com seu motorista do que com o marido. Você não seduziu seu motorista negro, cuja sexualidade ainda estava mais próxima da floresta africana? Não foi você, mulher branca-ninguém? E, depois, não foi você quem o acusou de estupro, você, pobre coisa indefesa, "vítima da bestialidade primitiva"? Não, claro que não, você era pura e branca, membro das "Filhas desta, daquela ou de outra Revolução*", nortista ou sulista, cujo avô enriqueceu arrastando negros africanos acorrentados, da liberdade na selva para a América do Norte! Como você é inocente, como é pura, como é branca, como está distante de qualquer desejo pela carne negra, pobre mulherzinha! Sua covarde miserável, produto monstruoso de uma raça doentia de caçadores de escravos, descendente do cruel Cortés, que atraiu milhares de astecas confiantes para uma cilada e os matou.

Ah, vocês, pobres filhas desta, daquela e da outra revolução! O que vocês sabem dos anseios dos pais da Revolução Americana ou de Lincoln, que libertou seus escravos – o que fez com que vocês prontamente os atirassem no "mercado livre" da oferta e da procura. Olhem para si mesmas no espelho, castas e inocentes filhas da revolução azul, vermelha e branca. Sabem o que vão ver? Uma "filha da Revolução Russa"!

Se você *ao menos uma vez tivesse sido capaz de dar amor a um homem,* as vidas de muitos negros, judeus e trabalhadores teriam sido salvas. Da mesma forma que, nas crianças, vocês matam o que está vivo dentro de si mesmas, também nos negros vocês aniquilam suas próprias sugestões de amor, fantasias de prazer que degeneraram em pornografia frívola. Que sordidez insondável é gerada pelos seus órgãos sexuais entorpecidos! Não, filha desta, daquela e da outra revolução, não tenho o menor desejo de

---

* *Daughters of the American Revolution* [Filhas da Revolução Americana] é uma organização feminina a cujos quadros têm acesso apenas mulheres que possam provar ser descendentes de quem lutou na Guerra da Independência. (N. do T.)

Filha desta, daquela ou de outra revolução

me tornar promotor público ou delegado. Deixo isso para seus rígidos animais de mantos e uniformes. Amo meus pássaros, cervos e texugos, que estão próximos dos negros. Estou falando dos negros da floresta, não dos que moram no Harlem, com seus colarinhos engomados e ternos da moda. Não me refiro às negras gordas, cobertas de joias, cujo desejo frustrado se converteu em excesso de carnes ou de religião. Refiro-me aos corpos esbeltos e flexíveis das moças dos mares do Sul que trepam com você, porco sexual deste, daquele e do outro exército, sem perceber que você não sabe distinguir entre o amor puro delas e o que esperaria encontrar num prostíbulo em Denver.

É, mulher branca-ninguém, você é louca por um ser vivo que ainda não tenha compreendido que é explorado e desprezado. Embora sua colega alemã, a filha da raça germânica, tenha encerrado sua função, você ainda está conosco como a filha russa da classe operária triunfante ou como uma Filha da Revolução Americana. No entanto, dentro de quinhentos ou mil anos, quando rapazes sadios e mulheres com corpos sadios tiverem aprendido a valorizar o amor e a preservá-lo, nada restará de você a não ser uma lembrança ridícula.

E você, mulher-ninguém cancerosa, não foi você quem fechou as portas das salas de concerto para Marian Anderson, que é a própria voz da vida? Muito depois de desaparecerem do planeta os últimos traços de você, o nome de Marian Anderson continuará a cantar pelos séculos afora. Não posso deixar de me perguntar se Marian Anderson também *pensa* séculos adiante ou se proíbe seu filho de usufruir o amor. Não sei. A vida tem seus próprios ritmos e estações. Ela se contenta com os que a deixam viver, e não tem necessidade de você, senhora-ninguém cancerosa.

Você propagou o mito de que *você* é a "sociedade", mulher-ninguém, e seu zé-ninguém o engoliu. Você *não* é a sociedade. É, você divulga todos os dias nos grandes jornais judeus e cristãos que sua filha está prestes a se unir a um homem, mas ninguém em juízo perfeito está interessado. A "sociedade" é o carpinteiro, o pedreiro, o jardineiro, o professor, o médico, o operário fabril e eu. Nós é que somos a sociedade, não você, mulher-ninguém rígida, cancerosa, dissimulada! Você não é a vida; é sua maior maldição. Eu, no entanto, compreendo por que você se trancou na sua fortaleza com todo o seu dinheiro. Diante da pequenez de carpinteiros, jardineiros, médicos, professores, pedreiros e operários fabris, não havia outro caminho para você. Em meio a essa peste, foi a coisa mais sensata que você já vez. Porém, com sua prisão de ventre, sua gota, sua máscara, sua negação da vida, a pequenez se tornou uma segunda natureza sua. Você é infeliz, pobre mulher-ninguém, porque seus filhos dão com os burros n'água, suas filhas acabam sendo prostitutas, seu marido murcha, sua vida apodrece e seus tecidos a acompanham. Você não pode me contar histórias da carochinha, filha-ninguém da revolução. Eu vi você nua! Você sempre foi covarde, filha desta, daquela e da outra revolução. Você teve a felicidade da humanidade na palma da sua mão e a desperdiçou. Você trouxe presidentes ao mundo e só lhes ensinou trivialidades. Eles entregam medalhas e saem em fotografias; sorriem seus sorrisos perenes e têm medo de encarar a vida de frente, filhinha da revolução. Você teve o mundo na palma da mão e o que fez? Deixou cair suas bombas atômicas sobre Hiroxima e Nagasáqui; ou melhor, seu filho deixou cair as bombas como uma amostra do que estaria por vir. O que você deixou cair, mulher-ninguém cancerosa, foi sua lápide. Com aquelas duas bombas, você bombardeou toda a sua classe e raça mandando-a para o túmulo por todos os tempos! Porque você não teve a humanidade de dar um aviso aos homens, mulheres e crianças de Hiroxima e de Nagasáqui. E, porque foi pequena demais para ser humana, perecerá em silêncio como uma pedra que afunda no mar. Não tem a mínima importância o que você pense e faça agora, mulher-ninguém, que trouxe ao mundo generais idiotas. Dentro de quinhentos anos, você só será lembrada como uma curiosidade e um motivo para zombarias. Se hoje essa não é a opinião universal a seu respeito, é apenas mais um sinal do estado deplorável em que se encontra o mundo.

Eu sei, eu sei, mulher-ninguém. Todas as aparências lhe são favoráveis; você estava lutando pelo seu país e assim por diante. Isso eu ouvi há muito tempo na Áustria. Você alguma vez ouviu um motorista de aluguel em Viena aos gritos de "Longa vida ao meu Imperador!"? Não? Não faz diferença. Basta que preste atenção a você mesma. A toada é a mesma. Não, mulher-ninguém, não tenho medo de você. Você não pode fazer nada contra mim. Sei que seu genro é promotor público ou que seu sobrinho é coletor de impostos na minha cidade. Você o convida para tomar chá e solta uma palavra indignada a meu respeito. Ele está ansioso por uma promoção e à procura de uma vítima, alguém que possa sacrificar à lei e à ordem. Sei como isso se faz. Mas isso não a salvará, mulher-ninguém. Minha verdade é mais forte do que você.

"Ele é tendencioso! É fanático! Será que eu não tenho absolutamente nenhuma função na sociedade?"

Só lhes falei nos modos pelos quais vocês são *pequenos* e *medíocres*, zé-ninguém e mulher-ninguém. Eu não disse uma palavra sequer sobre sua utilidade ou importância. Acham que eu arriscaria minha vida falando com vocês se vocês não fossem importantes? Sua importância, sua enorme responsabilidade, torna sua mediocridade ainda mais monstruosa. Dizem que vocês são estúpidos. Afirmo que vocês são astutos, porém *covardes*. Dizem que vocês são o estrume necessário para fertilizar a sociedade humana. Afirmo que vocês são a semente. Dizem que a cultura exige escravos. Afirmo que nenhuma sociedade culta pode ser construída com escravos. Este terrível século XX fez todas as teorias culturais desde Platão parecerem ridículas. *Zé-ninguém, nunca houve uma cultura humana.* Mal estamos começando a compreender o apavorante desvio e a degeneração patológica do animal humano. Este apelo ao zé-ninguém ou qualquer outra palavra que possa ser dita sobre esse assunto atualmente, por mais inteligente e bem-intencionada que seja, não apresenta maior semelhança com a cultura que se desenvolverá dentro de mil ou 5 mil anos, do que a primeira roda criada há milhares de anos com uma locomotiva moderna movida a óleo diesel.

Seu raciocínio é míope, zé-ninguém; você não enxerga mais longe do que do café da manhã ao almoço. Precisa aprender a pensar para trás e para a frente, ao longo dos séculos. Precisa aprender a pensar em termos da vida como um todo, do *seu* desenvolvimento desde o primeiro floco plasmático até o animal humano que caminha ereto, mas continua a pensar de forma tortuosa. Como não tem memória para coisas que aconteceram há dez ou há vinte anos, você ainda repete os mesmos disparates de 2 mil anos atrás. Pior, você se agarra com unhas e dentes a absurdos como "raça", "classe", "nação" e à obrigação de seguir uma religião e reprimir seu amor. Você tem medo de reconhecer a profundidade da sua desgraça. De quando em quando, consegue erguer a cabeça do atoleiro para gritar: "Viva!". Um sapo coaxando num charco está mais próximo da vida.

"Por que não me salva do atoleiro? Por que não frequenta as reuniões do meu partido e minhas conferências políticas? Você é um desertor. Antigamente, lutava, sofria e fazia sacrifícios por mim. Agora, só me insulta."

De quando em quando, consegue erguer a cabeça do atoleiro para gritar: "Viva!"

Não posso salvá-lo do atoleiro. Só você pode fazer isso. Nunca participei das reuniões do partido ou de conferências políticas, porque tudo o que acontece nelas são gritos de "Abaixo o principal!" e "Viva o que é secundário!". É verdade que lutei por você durante 25 anos, sacrificando minha vida familiar e minha segurança profissional; dei muito dinheiro às suas organizações e participei de suas manifestações e marchas contra a fome. É verdade que, como médico, doei milhares de horas do meu tempo sem remuneração, e é verdade que vaguei de país em país por você e, com frequência, no seu lugar, enquanto você gritava hurras a plenos pulmões. Estive literalmente disposto a morrer por você. Na luta contra a peste política, levei-o de um lado para outro no meu carro, embora eu mesmo estivesse sob a ameaça da pena de morte. Em manifestações, ajudei a proteger seus filhos das investidas da polícia. Gastei todo o meu dinheiro fundando clínicas de saúde mental onde você pudesse procurar ajuda e aconselhamento. No entanto, tudo o que você fez foi tomar; jamais deu algo em troca. Você só queria ser salvo, e em trinta horrendos anos de peste você nunca teve uma ideia frutífera. E, quando a Segunda Guerra Mundial terminou, você voltou exatamente ao lugar em que estava quando ela começou, um pouco mais para a "esquerda" ou para a "direita", mas não havia *avançado* um milímetro sequer! Você desperdiçou a grande libertação francesa; e você transformou a libertação russa ainda maior no pior pesadelo do mundo. Seu fracasso – seu terrível fracasso, que só corações grandiosos e solitários podem entender sem raiva ou desdém – levou ao desespero todos os que estavam preparados para fazer qualquer sacrifício por você. Pois, em todos aqueles anos terríveis, naquele meio século assassino, não saiu da sua boca uma única palavra saudável e razoável, mas apenas *slogans*.

Mesmo assim, não desanimei, porque nesse meio tempo eu havia adquirido uma compreensão melhor e mais profunda da sua doença, eu sabia que você não poderia ter pensado ou agido de modo diferente. Reconheci seu pânico diante de tudo o que é vivo em você. É esse medo que sempre o desvia do caminho, mesmo quando começou bem. Você simplesmente não consegue perceber que a *esperança* precisa nascer da sua própria compreensão. Para você a esperança vem de fora para dentro, mas nunca brota a partir de você mesmo. É por isso, zé-ninguém, que você, considerando a total podridão do seu próprio mundo, me chama de "otimista". Sim, eu *sou* otimista, cheio de perspectivas para o futuro. Como isso é possível? Vou lhe dizer.

Enquanto me importei com você, sua teimosia me atingia com um golpe atrás do outro. Milhares de vezes esqueci como você me retribuiu por ajudá-lo, e milhares de vezes você me lembrou que você estava doente. Um dia, então, abri os olhos e o encarei de frente. A princípio, senti uma onda de desprezo e ódio. Aos poucos, porém, aprendi a deixar que minha *compreensão* da sua doença contrabalançasse meu ódio e desprezo. Depois disso, não me zanguei mais com você por fazer tal trapalhada no mundo nos primeiros esforços de assumir a liderança mundial. Tornou-se claro para mim que exatamente isso tinha de acontecer, já que durante mil anos você havia sido impedido de viver em qualquer sentido verdadeiro.

Meu querido zé-ninguém, eu estava descobrindo a lei funcional da vida enquanto você gritava do alto dos telhados: "Ele é louco!". Naquela época, você era um psiquiatra-ninguém, com um passado de movimento da juventude e, em decorrência de sua impotência, um futuro cardíaco. Mais tarde, você morreu de coração partido, pois ninguém pode roubar ou caluniar impunemente, não quando tem um mínimo de integridade. E isso você tinha, bem escondido

*Um dia, então, abri os olhos
e o encarei de frente*

num canto da alma. Quando imaginou que eu estivesse acabado, você deixou de ser meu amigo e se tornou meu inimigo. Tentou me dar o golpe de misericórdia porque, apesar de saber que eu tinha razão, você não era capaz de me acompanhar. E depois, quando voltei a me pôr de pé como um joão-teimoso, mais forte, mais clarividente, mais resoluto do que nunca, você morreu de pavor. Antes de morrer, viu que eu havia saltado com arrojo por cima de obstáculos altíssimos, alguns dos quais você mesmo havia erguido em seu desejo de me destruir. Na sua organização sorrateira, você não chegou a passar *meus* ensinamentos como se fossem seus? Garanto-lhe que seus membros honestos tinham conhecimento disso. Sei, porque me contaram. Táticas sub-reptícias, zé-ninguém, só podem levá-lo ao túmulo antes da sua hora.

É perigoso estar com você; na sua companhia, um homem não consegue se manter fiel à verdade sem temer a calúnia e a violência. Foi por isso que me afastei – não do seu futuro, repito, mas do seu presente; não da sua humanidade, mas da sua desumanidade e mesquinhez.

Ainda estou preparado para qualquer sacrifício, mas somente pela *vida*, não por você, zé-ninguém! Só recentemente percebi o erro enorme que cometi há 25 anos. Eu vinha dedicando minha vida a você na crença de que você fosse a vida, de que você fosse a esperança e a integridade, de que você fosse o futuro. Muitos homens sérios e honrados procuraram vida em você, e todos pereceram. Quando isso ficou claro para mim, resolvi não morrer vítima de sua estreiteza e pequenez. Porque tenho um trabalho importante a realizar. Zé-ninguém, *eu descobri a energia que é a vida*. E não a confundo mais com a força que percebia em mim mesmo e procurava em você.

Só se eu distinguir com clareza e nitidez seu caráter e seu comportamento, zé-ninguém, do caráter e comportamento de alguém que esteja realmente vivo, conseguirei fazer uma grande contribuição à segurança da vida e ao *seu* futuro. É preciso coragem para renegá-lo, eu sei. Mas também sei que serei capaz de continuar a trabalhar pelo futuro, porque não me compadeço de você e porque não desejo me tornar através de você um grande zé-ninguém, como seus líderes desprezíveis fizeram.

A força vital no homem foi maltratada por muito tempo, mas só recentemente ela começou a revidar. Este é um grande começo para seu grande futuro, e promete um fim terrível para todos os tipos de pequenez nos zés-ninguéns!

Descobrimos como funciona a peste emocional. Tendo tomado a decisão de anexar a Polônia, ela acusa a Polônia de planejar uma agressão armada. Depois de decidir assassinar um rival, ela o acusa de arquitetar um assassinato. Tendo imaginado alguma monstruosidade pornográfica, ela acusa os sadios de depravação sexual.

Nós o pegamos, zé-ninguém; olhamos por trás da sua máscara patética e enxergamos suas súplicas por compaixão. Queremos que você construa o futuro com seu *trabalho* e suas realizações; não queremos que você substitua um mau tirano por outro ainda pior. Cada vez com maior resolução, estamos começando a exigir de você, zé-ninguém, como você exige dos outros, que se submeta às leis da vida e que dedique tanto esforço para se aprimorar quanto gasta para criticar os outros. Estamos aprendendo cada vez mais a respeito de sua ganância, sua irresponsabilidade, sua paixão pelos mexericos; em suma, sua doença sem limites, que está empestando este nosso belo mundo. Eu sei; sei que você não gosta de ouvir isso; você preferiria estar gritando hurra, você, encarnação da futura Pátria dos Trabalhadores ou do Quarto *Reich*. Creio porém que você não terá tanto êxito em contaminar o mundo quanto teve no passado. Descobrimos a chave do seu segredo milenar. Você é um bruto

*Você é um bruto por trás da sua máscara
de sociabilidade e simpatia*

por trás da sua máscara de sociabilidade e simpatia, zé-ninguém. Você não consegue passar uma hora comigo sem se trair. Não está acreditando? Permita-me refrescar-lhe a memória.

    Lembra-se de uma bela tarde ensolarada em que, na pessoa de um lenhador, você veio à minha casa à procura de trabalho? Você viu meu cachorrinho, que o farejou com carinho e deu saltos de alegria. Ao ver que o cão tinha as características de um bom cão de caça, você disse: "Prenda esse cachorro na corrente para torná-lo feroz! Ele é amigável demais". Respondi: "Não quero um cão mau acorrentado. Não gosto de cães ferozes". Tenho muito mais inimigos neste mundo do que você, simpático zé-ninguém lenhador, e mesmo assim prefiro um cachorro manso que seja amigável com estranhos.

    Você se lembra do domingo chuvoso e desolado em que minha preocupação com sua rigidez biológica me levou a um bar? Eu estava ali bebendo uísque – não, zé-ninguém, não sou um beberrão, embora aprecie um uísque de vez em quando. Seja como for, eu estava bebendo meu uísque com soda. Você estava ligeiramente alto, tinha estado na guerra e acabara de chegar de além-mar. Você descreveu os japoneses como "macacos feios". E depois, com aquela expressão facial peculiar que eu provocava de propósito no consultório, na tentativa de curá-lo da peste, você disse: "Sabe o que devíamos fazer com aqueles japas na costa oeste? Enforcar todos eles, até o último. Mas sem pressa; não, *bem devagar*, apertando o laço um pouquinho mais, a cada cinco minutos... muito devagar... assim...". E você torcia a mão para ilustrar o que queria dizer, zé-ninguém. O garçom abanou a cabeça, aprovando e admirando sua virilidade heroica. Você alguma vez na vida segurou no colo um pequeno bebê japonês, seu patriota-ninguém? Não? Ao longo dos séculos, você vem enforcando espiões japoneses, pilotos americanos, camponesas russas, oficiais alemães, anarquistas ingleses e comunistas gregos. Costuma matá-los a tiros, eletrocutá-los e asfixiá-los em câmaras de gás, mas tudo isso não vai mudar em nada a prisão de ventre do seu intestino e da sua cabeça, a sua incapacidade de amar, o seu reumatismo e o seu distúrbio psíquico. Nenhuma quantidade de fuzilamentos ou enforcamentos irá arrancá-lo do atoleiro em que está. Dê uma olhada em si mesmo, zé-ninguém! Essa é sua única esperança.

E você, mulher-ninguém, lembra-se do dia em que estava sentada no meu consultório, falando com rancor do seu marido que acabava de deixá-la? Durante anos, você, sua mãe, suas tias, seus sobrinhos-netos e seus primos haviam pesado tanto sobre os ombros do seu marido que ele estava começando a se atrofiar. Vinha sendo obrigado a sustentar você e todos os seus parentes. Num último estertor do seu sentimento pela vida, ele afinal se afastou e veio procurar minha ajuda, pois não tinha força suficiente para se libertar de você psiquicamente por seus próprios meios. Ele se dispôs a lhe pagar pensão alimentícia, três quartos da sua renda, de acordo com o determinado por uma lei abominável. Esse era o preço para ele se livrar da opressão; e ele não regateou porque era um grande artista, e nem a arte nem a verdadeira ciência conseguem viver acorrentadas. Embora você tivesse uma profissão, seu único desejo era ser sustentada pelo homem que você odiava tanto. Você sabia que eu o ajudaria a se libertar de obrigações injustificáveis, e isso a deixava furiosa. Você me ameaçou com a polícia. Eu estava apenas tentando ajudar o homem nessa sua terrível necessidade, mas você disse que eu queria para mim todo o dinheiro dele. Em outras palavras, pobre mulher-ninguém, você me atribuiu as intenções malignas que eram suas. Nunca lhe ocorreu desenvolver as aptidões para a sua profissão. Isso a teria tornado independente, independente do homem por quem havia muito tempo você não tinha outro sentimento a não ser ódio. Você acha que pode construir um novo mundo desse modo? Ouvi que você tinha amigos socialistas que "sabiam tudo a meu respeito". Você não percebe que é um *tipo*, que existem milhões da sua espécie que estão destruindo o mundo? Eu sei, eu sei. Você é fraca e sozinha; está "amarrada" à sua mãe; é "indefesa". Você mesma odeia seu ódio, não consegue se suportar e está desesperada. E é por isso, mulher-ninguém, que você destrói a vida do seu marido. E você vai continuar sendo levada pela correnteza da vida como hoje. Também sei que você conta com muitos juízes e promotores públicos para apoiá-la, mas, acredite-me, eles não têm resposta para a sua aflição.

Eu a vejo e a ouço, mulher-ninguém, na pessoa de uma taquígrafa de alguma repartição do governo, fazendo anotações sobre meu passado, presente e futuro, meu ponto de vista político e minhas opiniões sobre a propriedade privada, sobre a Rússia e a democracia. Perguntam-me pelo meu status social. Respondo que sou membro honorário de três sociedades científicas e literárias, entre elas a Sociedade Internacional de Plasmogenia. O responsável pelo inquérito fica impressionado. Na sessão seguinte ele me diz: "Aqui há algo estranho. Diz que o senhor é membro honorário da Sociedade Internacional de *Poligamia*". E nós dois rimos do seu pequeno engano. Agora você sabe como cheguei às minhas honras e desonras, mulher-ninguém das fantasias desenfreadas? Foi graças às suas fantasias, não ao meu estilo de vida. Não é verdade que a única coisa de que você se lembra de Rousseau é que ele queria "voltar à natureza", que abandonou os filhos e os mandou para um orfanato? Você é maliciosa até o fundo da alma; seus pensamentos deixam de lado o belo para se deter no que é feio!

"Ouçam, todos vocês, cidadãos de bem! Eu o vi fechar as cortinas a uma da manhã. O que pode estar fazendo? E o dia inteiro suas cortinas ficam totalmente abertas. No fundo, alguma coisa deve estar acontecendo!"

Não vai mais adiantar você usar métodos semelhantes contra a verdade. Sabemos tudo sobre eles. Você não está interessado nas minhas cortinas, está interessado em deter a minha verdade. Quer continuar a ser informante e caluniador, quer continuar a mandar seu vizinho inocente para a cadeia, se o estilo de vida que ele leva não lhe for conveniente, porque ele é gentil ou livre, porque trabalha e não se incomoda com você. Você é muito curioso, zé-ninguém, você espiona e calunia. Felizmente, para você, a polícia nunca dá informações sobre seus informantes.

"Ouçam, colegas contribuintes! Ele é professor de filosofia. Uma grande universidade quer contratá-lo para instruir os jovens. É um absurdo! Fora com ele! Vivam os contribuintes! Que eles decidam quem vai ensinar e quem não vai!"

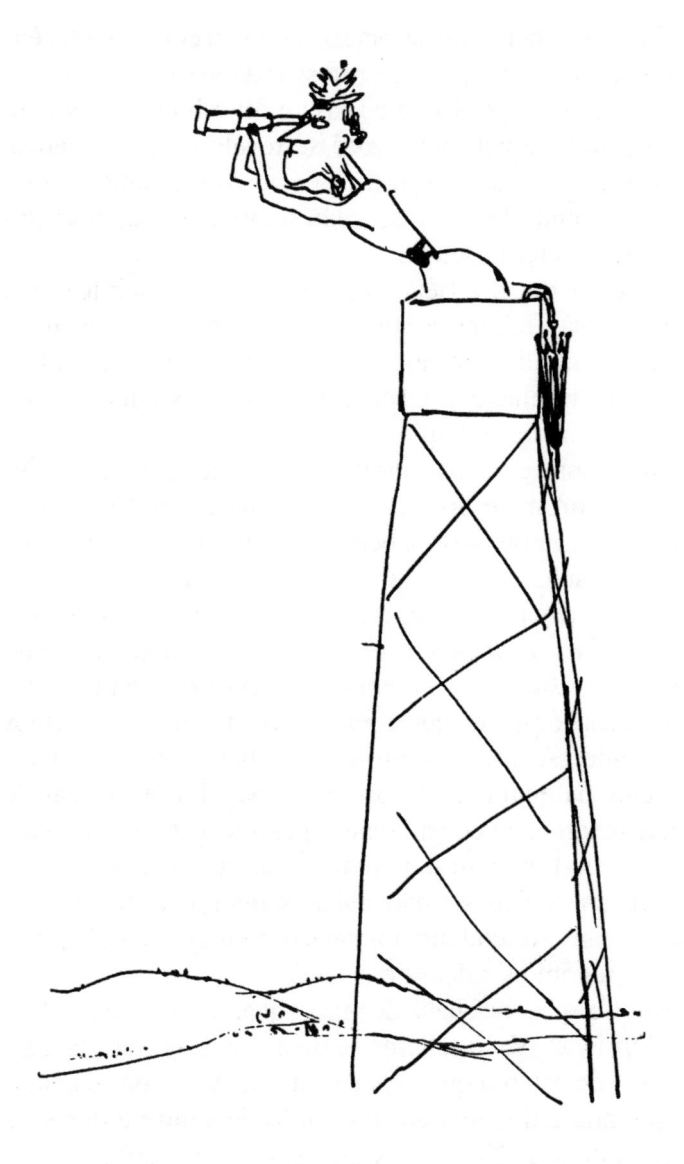

Moralista verificando a energia do orgone

Com isso, sua virtuosa esposa, também contribuinte, envia uma petição contra este professor da verdade, e ele não consegue o emprego. Dona de casa e contribuinte-ninguém, virtuosa mãe de patriotas, você se revelou mais poderosa do que 4 mil anos de filosofia e ciência. Mas estamos começando a entendê-la. E, mais cedo ou mais tarde, suas tramas virtuosas terão seu fim.

"Ouçam, ouçam, fiéis guardiões da moral pública! Ali, virando a esquina, mora uma mulher com a filha. A moça tem um namorado que vai visitá-la tarde da noite. Prendam a mãe por cafetinagem! Chamem a polícia! No interesse da moral, da lei e da ordem!"

E essa mãe é punida porque você, você, lascivo zé-ninguém, se intromete no que acontece na cama dos outros. Você já se revelou. Nós sabemos o motivo que se esconde por trás da sua "moral, lei e ordem". Você não está sempre dando cantadas nas garçonetes? *Sim, queremos que nossos filhos e filhas desfrutem o amor deles abertamente e não, como você gostaria, em cantos escuros.* Admiramos esses pais e mães corajosos que compreendem o amor dos filhos e filhas adolescentes, e o protegem. Mães e pais assim são a semente da qual crescerão as gerações futuras, sadias de corpo e mente, não conspurcadas pelas suas fantasias escatológicas, zé-ninguém impotente do século XX!

"Ouçam, colegas cidadãos! Já sabem da última? Ele é homossexual. Atacou um dos seus pacientes, e o pobre coitado fugiu com as calças arriadas."

Admita que você baba de prazer quando conta essa "história verídica". Você sabe de onde ela se originou? Surgiu do monte de esterco que existe dentro de você, da sua natureza imunda e doentia, da sua prisão de ventre e dos seus desejos odiosos. Nunca tive desejos homossexuais como você, zé-ninguém. Jamais quis seduzir menininhas como você, zé-ninguém. Nunca estuprei uma mulher como você, zé-ninguém, e nunca sofri de prisão de ventre, como você, zé-ninguém. Nunca fiz amor com uma mulher a não ser que ela me quisesse e eu a quisesse; e nunca roubei amor, como você, zé-ninguém. Nunca me exibi em público como você faz, zé-ninguém, e não tenho a imaginação escatológica que você tem, zé-ninguém.

"Vocês não ouviram contar? Ele molestou tanto a secretária que ela o deixou. Estava morando com ela na *mesma casa*, as cortinas ficavam fechadas e a luz ficava acesa no seu quarto até as três da manhã!"

Você disse que La Mettrie era um voluptuoso que morreu asfixiado com um pastelzinho. A baba escorria pelas suas mandíbulas quando você falava do casamento do príncipe herdeiro Rodolfo com uma mulher de condição inferior. Você disse que Eleanor Roosevelt não era muito normal,

Investigando o acumulador de orgone

que o reitor da Universidade X havia apanhado a mulher em flagrante e que a professora do vilarejo tinha um amante. Você não disse tudo isso, zé-ninguém? Ah, desgraçado e miserável cidadão deste planeta, que vem desperdiçando a vida há milhares de anos e continua atolado até as orelhas na lama!

"Prendam esse homem! É um espião alemão! Não me surpreenderia se ele ainda fosse espião russo e islandês para completar. Eu o vi na rua 86 em Nova York às três da tarde. E o que é pior, acompanhado de uma mulher."

Você sabe, zé-ninguém, qual é a aparência de um percevejo à luz boreal? Não? Como eu imaginava! Algum dia haverá leis rigorosas contra sua percevejice, zé-ninguém! Severas *leis para a proteção da verdade e do amor!* Hoje você põe na cadeia namorados adolescentes, mas um dia *você* é que será mandado para uma casa de reflexão por macular pessoas decentes com suas imundícies. Haverá um novo tipo de juiz e de advogado; o padrão de trabalho deles não será o palavrório formalista dos dias de hoje, mas a verdade, a justiça e a generosidade. Haverá leis, *leis rigorosas para a proteção da vida*, e você terá de cumpri-las, zé-ninguém, mesmo que as deteste. Eu sei: você prosseguirá com sua peste emocional, suas calúnias e intrigas, suas manobras diplomáticas e inquisições por mais três, cinco, dez séculos. Mas no final, zé-ninguém, você será derrotado. Será derrotado pelo seu próprio senso de lisura, que hoje mantém bloqueado bem no fundo de si mesmo.

Nenhum *kaiser*, czar ou pai do proletariado mundial o conquistou! Eles o escravizaram, mas *nenhum conseguiu lhe roubar sua mesquinhez. O que vai finalmente levar a melhor em você, zé-ninguém, é seu senso de lisura, seu anseio pela vida. Disso não há nenhuma dúvida!* Liberado da sua pequenez e mesquinhez, você começará a *pensar*. De início, seu raciocínio será lamentável e equivocado; mas você estará pensando a sério. Seu raciocínio irá lhe causar sofrimento e você aprenderá a suportá-lo, exatamente como eu e outros tivemos de cerrar os dentes e suportar o sofrimento provocado por nosso raciocínio *a seu respeito* durante anos a fio. Nossos sofrimentos por você o farão pensar. E, uma vez que tenha começado a pensar, você ficará perplexo com os últimos 4 mil anos de "civilização". Você se perguntará como pôde tolerar jornais cheios de nada mais do que recepções, desfiles e medalhas; perseguições e execuções, política exterior, *Realpolitik* e trapaças diplomáticas; mobilização, desmobilização e remobilização; pactos de não agressão; exercícios militares e bombardeios. Você absorveu tudo isso com a paciência de um carneiro cativo. Se tivesse parado por aí, talvez ainda pudesse compreender a si mesmo. Mas não, durante séculos aceitou e ecoou tudo isso. Você desconfiava das suas próprias ideias corretas e aceitava as ideias falsas que lia nos jornais, por considerá-las patrióticas. E isso, zé-ninguém, é algo que você levará muito tempo para superar. Terá vergonha da sua história, e a única esperança é de que para nossos tataranetos o estudo da história não seja mais um tormento. Não será mais possível realizar uma grande revolução para voltar a Pedro, "o Grande".

UM VISLUMBRE DO FUTURO. Não posso lhe dizer qual será seu futuro. Não tenho como saber se você um dia chegará à Lua ou a Marte com a ajuda do orgone cósmico que descobri. Nem posso saber como suas naves espaciais irão decolar ou pousar, se suas casas serão iluminadas por energia solar ou se você conseguirá conversar com alguém na Austrália ou em Bagdá através de uma fenda na parede da sua sala. Posso lhe dizer, porém, o que você decididamente *não* fará nos próximos quinhentos, mil ou 5 mil anos.

"Vocês estão ouvindo isso? O homem é um excêntrico! Pode me dizer o que eu não farei! Será que é um ditador?"

Não sou ditador, zé-ninguém, embora, com sua pequenez, eu bem pudesse me tornar um. Seus ditadores só lhe dizem o que você *não pode* fazer no presente sem acabar numa câmara de gás. Eles podem lhe dizer o que você fará no futuro remoto tão pouco quanto podem fazer uma árvore crescer mais rápido.

"Mas de onde é que *você* extrai sua sabedoria, seu criado intelectual do proletariado revolucionário?"

Do fundo de você mesmo, eterno proletário da razão humana!

"Ouçam só essa! Ele extrai sua sabedoria das *minhas* profundezas! Eu não tenho profundezas. E, afinal, que conversa individualista é essa?!"

Ah, zé-ninguém, você tem profundezas, sim, mas não sabe. Você tem é medo, um medo mortal das suas profundezas. É por isso que não as sente nem as vê. É por isso que você tem vertigens quando olha para as profundezas, que você cambaleia como se estivesse à beira de um precipício. Você tem medo de cair e perder seu "caráter especial". Pois, por mais que você se esforce por se encontrar, é sempre o mesmo zé-ninguém cruel, invejoso, ganancioso, ladrão, que aparece. Eu não teria escrito este longo apelo a você, zé-ninguém, se você não tivesse verdadeiras profundezas. E conheço essas profundezas em você, zé-ninguém, porque no meu trabalho como médico eu as descobri quando você me procurava com sua aflição. Suas profundezas são seu grande futuro. E é por isso que posso lhe dizer o que você com toda certeza não fará no futuro. Chegará uma hora em que você sequer entenderá como foi capaz, nesses 4 mil anos de incultura, de fazer tudo o que fez. Agora você quer me ouvir?

"Por que eu não daria ouvidos a uma boa utopiazinha? Em todo o caso, não há nada que possa ser feito, meu caro Doutor. Sempre serei o zé-ninguém, sem nenhuma opinião própria. Seja como for, quem sou eu para...?"

Cale-se! Você está se escondendo por trás do mito do zé-ninguém, porque tem medo de entrar na correnteza da vida e de *precisar* nadar, mesmo que seja só por seus filhos e netos.

Pois bem. A primeira das muitas coisas que você *não* fará no futuro é considerar-se um zé-ninguém sem opinião própria, que diz: "Seja como for, quem sou eu para...?". Você *tem* uma opinião própria e, no futuro, vai considerar uma desgraça *não* a conhecer, *não* a expressar e defender.

"Mas o que dirá a opinião pública da minha opinião pessoal? Serei esmagado como um verme se expressar minha própria opinião!"

O que você chama de "opinião pública", zé-ninguém, é o conjunto das opiniões de todos os zés-ninguéns – homens e mulheres. Cada homem e cada mulher, zé-ninguém, tem no seu íntimo uma opinião própria correta e um tipo especial de opinião incorreta. Suas opiniões incorretas derivam do medo das opiniões incorretas de todos os outros zés-ninguéns e mulheres-ninguéns. É por isso que as opiniões corretas não vêm à luz. Por exemplo, você não vai mais acreditar que você "não tem nenhuma importância". Você irá saber e proclamar que é o esteio e o alicerce desta sociedade humana. Não fuja! Não tenha medo! Não é tão mau assim ser um esteio responsável da sociedade humana.

"O que eu devo fazer então para ser o esteio da sociedade?"

Nada de novo ou de incomum. Apenas continue fazendo o que já está fazendo: lavre seu campo, use seu martelo, examine seu paciente, leve seus filhos para brincar ou para a escola, escreva artigos sobre os acontecimentos do dia, investigue os segredos da natureza. Você já está fazendo tudo isso, mas acha que são atividades sem importância e que só as palavras ou os atos do Marechal Medalha-no-Peito ou do Príncipe Conversa-Fiada são importantes.

"Você é um sonhador, doutor. Não percebe que o Marechal Medalha-no-Peito e o Príncipe Conversa-Fiada dispõem dos soldados e das armas necessárias para fazer a guerra, para me convocar para a guerra deles e para fazer explodir em pedaços meu campo, minha fábrica, meu laboratório ou meu escritório?"

Você é convocado, seu campo e sua fábrica são explodidos, porque você grita hurra, hurra, quando o mobilizam e quando explodem sua fábrica e sua terra. O Príncipe Conversa-Fiada não teria nem soldados nem armas, se você realmente soubesse que campo é para plantar o trigo e fábrica é para fazer mobília ou sapatos, que campos e fábricas não foram feitos para ser explodidos, e se você fosse inflexível na defesa desse conhecimento. Seu Marechal Medalha-no--Peito e seu Príncipe Conversa-Fiada não sabem disso. Eles próprios não trabalham no campo, na fábrica ou no escritório. Para eles, você não trabalha para alimentar e vestir seus filhos, mas pela glória da Pátria Alemã ou da Pátria dos Trabalhadores.

"O que devo fazer, então? Detesto a guerra; minha mulher chora de desespero quando sou convocado, meus filhos morrem de fome quando os exércitos proletários ocupam minha terra, os cadáveres se empilham aos milhões... Tudo o que quero é lavrar meu campo e brincar com as crianças depois do trabalho, amar minha mulher à noite, dançar, cantar e fazer música nos feriados. O que devo fazer?"

Faça apenas o que tem feito e desejado fazer o tempo todo: trabalhe, deixe que seus filhos cresçam felizes, ame sua mulher à noite. *Se você se mantivesse fiel a esse programa com consciência e determinação, não haveria guerra.*

Sua mulher não seria presa fácil para os soldados famintos de sexo da Pátria do Proletariado, seus filhos órfãos não morreriam de fome nas ruas, e você mesmo não acabaria com os olhos vidrados fixos no céu azul em algum campo de batalha distante.

"Mas, supondo-se que eu queira viver para meu trabalho, minha mulher e meus filhos, o que vou poder fazer caso os hunos ou os alemães, os japoneses, os russos ou outros invadam minha terra e me forcem a guerrear? Tenho que defender minha casa, meu lar, não tenho?"

Você tem razão, zé-ninguém. Se os hunos de qualquer nação o atacarem, você terá de empunhar sua arma. O que você não vê, porém, é que os "hunos" de todas as nações são simplesmente milhões de zés-ninguéns como você, que continuam a gritar hurra, hurra, quando o Príncipe Conversa-Fiada fanfarrão (que não trabalha) invoca sua lealdade à bandeira; zés-ninguéns como você mesmo que acreditam que não têm importância e perguntam: "Quem sou eu para ter uma opinião própria?".

Se ao menos você soubesse que você *tem* importância, que você *tem* uma opinião própria correta, que seu campo e sua fábrica se destinam a propiciar a *vida* e não a morte, então, zé-ninguém, você mesmo seria capaz de responder à pergunta que acabou de fazer. Você não precisaria de diplomatas. Pararia de gritar hurra, hurra e de levar coroas ao túmulo do Soldado Desconhecido. (Conheço seu soldado desconhecido, zé-ninguém. Eu o fiquei conhecendo quando eu estava combatendo meu inimigo mortal nas montanhas da Itália. Ele é o mesmo zé-ninguém que você, que achava que não tinha opiniões próprias.) Em vez de colocar sua consciência nacional aos pés do seu Príncipe Conversa-Fiada ou do seu Marechal do Proletariado Mundial para ser pisoteada, você se oporia a eles com *a consciência do seu próprio valor e com o orgulho do seu próprio trabalho.*

Quem sou eu para ter opinião própria?

Você seria capaz de conhecer seu irmão, o zé-ninguém do Japão, da China e de todos os países hunos, para lhe transmitir sua opinião correta da sua função como trabalhador, médico, lavrador, pai e marido, e acabar por convencê-lo de que, para tornar a guerra impossível, basta ele ser fiel ao seu trabalho e ao seu amor.

"Tudo isso é muito bom e bonito. Mas agora eles fabricaram essas bombas atômicas. Uma única pode matar centenas de milhares de pessoas!"

Use a cabeça, zé-ninguém! Você acha que o Príncipe Conversa-Fiada produz bombas atômicas? Não, elas são fabricadas por zés-ninguéns que gritam hurra, hurra em vez de se recusarem a fazê-las. Está vendo, zé-ninguém, tudo se resume a um ponto, a você e a seu raciocínio correto ou incorreto. E você, cientista mais brilhante do século XX, se você não fosse um zé-ninguém microscópico, teria pensado em termos do mundo e não de uma nação. Seu grande intelecto lhe teria mostrado como manter a bomba atômica *fora* do mundo; ou, se a lógica do desenvolvimento científico tivesse tornado inevitável uma tal invenção, você teria usado toda a sua influência para impedir que ela fosse utilizada. Você está preso num círculo vicioso que você mesmo criou, e não pode sair dele porque seu pensamento e sua visão estão voltados para a direção errada. Você consolou milhões de zés-ninguéns afirmando que sua energia atômica curaria o câncer e o reumatismo deles, embora tivesse plena consciência de que isso era impossível, de que havia concebido um instrumento de assassinato e nada mais. Você e sua física acabaram no mesmo beco sem saída. Você sabe, mas se recusa a admitir. *Você está acabado! Agora e para sempre!* Eu lhe ofereci os poderes curativos da *minha* energia cósmica, zé-ninguém! Você sabe, já lhe disse com muita clareza. No entanto, você continua em silêncio, continua morrendo de câncer e da mágoa que lhe parte o coração, e no próprio leito de morte você exclama: "Vida longa à cultura e à tecnologia!". Eu lhe digo, zé-ninguém, que você cavou sua própria sepultura, com os olhos abertos. Você pensa que despontou a nova "era da energia atômica". Ela despontou, sim, mas não como você imagina. Não no seu inferno, mas na minha oficina tranquila e diligente num canto distante dos Estados Unidos.

Depende só de você, zé-ninguém, se vai para a guerra ou não. Se você ao menos soubesse que está trabalhando pela vida, não pela morte! Se você ao menos soubesse que todos os zés-ninguéns do planeta são exatamente iguais a você, para o bem como para o mal!

Um dia, você vai parar de gritar hurra, hurra (quando será esse dia vai depender exclusivamente de você). Vai parar de lavrar campos e operar fábricas destinadas à destruição. Um dia, eu lhe digo, você não se disporá mais a trabalhar pela morte, mas apenas pela vida.

"Eu deveria declarar uma greve geral?"

Não tenho tanta certeza. Sua greve geral é uma arma sem força. Você será acusado – e com razão – de deixar suas próprias mulheres e filhos morrerem de fome. Ao entrar em greve, não estará demonstrando sua alta responsabilidade pelo bem-estar ou pela desgraça da sua sociedade. Fazer greve *é não* trabalhar. Eu lhe disse que um dia você *trabalharia* pela vida, não que você pararia de trabalhar. Se você insiste na palavra "greve", chame-a de "greve com trabalho". Faça sua greve trabalhando para si mesmo, para seus filhos, sua mulher, sua sociedade, seu produto ou sua terra de cultivo. Deixe claro que você não tem tempo para uma guerra, que você tem coisas mais importantes a fazer. Fora de cada grande cidade do planeta, demarque um campo, cerque-o com altas muralhas e ali deixe que os diplomatas e os marechais do planeta atirem uns nos outros. Isso é o que você poderia fazer, zé-ninguém, se ao menos parasse de gritar hurra, hurra, e parasse de achar que você não tem opinião própria...

Tudo está nas suas mãos, zé-ninguém: não só seu martelo ou estetoscópio, mas sua vida e as vidas dos seus filhos. Você balança a cabeça. Acha que sou um utópico, se não um "vermelho".

Você me pergunta, zé-ninguém, quando há de ter uma vida boa e segura. A resposta é estranha à sua natureza.

Você terá uma vida boa e segura quando estar vivo significar mais para você do que a segurança, o amor mais do que o dinheiro, sua liberdade mais do que a opinião pública ou do partido; quando o sentimento presente na música de Beethoven ou de Bach passar a ser o sentimento da sua vida inteira – você tem isso, está em você, zé-ninguém, em algum canto bem no fundo do seu ser; quando seu pensamento estiver em harmonia, não mais em conflito, com seus sentimentos; quando você tiver aprendido a reconhecer duas coisas na devida hora: seus dons e a chegada da velhice; quando se deixar guiar pelos pensamentos dos grandes sábios e não mais pelos crimes dos grandes guerreiros; quando você deixar de dar mais importância a uma certidão de casamento do que ao amor entre homem e mulher; quando aprender a reconhecer seus erros prontamente e não tarde demais, como faz hoje; quando você pagar aos homens e mulheres que ensinam seus filhos mais do que paga aos políticos; quando as verdades o inspirarem e as fórmulas vazias lhe causarem repulsa; quando você se comunicar com seus companheiros trabalhadores de outros países diretamente, não mais através de diplomatas; quando, em vez de enfurecê-lo como ocorre hoje, a felicidade no amor da sua filha adolescente fizer seu coração se encher de júbilo; quando você puder apenas abanar a cabeça ao se lembrar dos tempos em que as crianças pequenas eram punidas por tocarem nos próprios órgãos sexuais; quando os rostos humanos que você vir na rua não estiverem mais marcados pela dor e aflição, mas radiantes de liberdade, vitalidade e serenidade; quando os corpos humanos pararem de caminhar por esta terra com pelves rígidas e retraídas e órgãos sexuais congelados.

Você me pede orientação e conselhos, zé-ninguém. Há milhares de anos, você recebe orientação e conselhos, bons e maus. Não são os maus conselhos os responsáveis pela sua desgraça persistente, mas sua própria pequenez. Eu lhe poderia dar bons conselhos, mas, em vista de seu jeito de pensar e de ser, você não conseguiria convertê-los em ação para o benefício de todos.

Se, por exemplo, eu o aconselhasse a acabar com a atividade diplomática e a substituí-la por sua fraternidade pessoal e profissional com todos os sapateiros, ferreiros, carpinteiros, mecânicos, engenheiros, médicos, educadores, escritores, administradores, mineiros e agricultores da Inglaterra, Alemanha, Rússia, dos Estados Unidos, da Argentina, do Brasil, da Palestina, Arábia, Turquia, Escandinávia, Indonésia, do Tibete e assim por diante; a permitir que todos os fabricantes de sapatos do mundo discutissem a melhor maneira de fornecer sapatos às crianças da China; a permitir que todos os mineiros descobrissem a melhor solução para evitar que seres humanos sofressem de frio; a permitir que os educadores de todos os países e nações determinassem o melhor modo de proteger as crianças do mundo contra a impotência e o distúrbio psíquico na vida adulta; e assim por diante. O que você faria, zé-ninguém, ao se ver diante dessas verdades evidentes?

Supondo-se, por enquanto, que você não tivesse mandado me prender por ser "comuna", você responderia pessoalmente ou através de algum porta-voz do seu partido, da sua igreja, do sindicato ou do governo:

"Quem sou eu para substituir as relações diplomáticas entre os países por relações internacionais baseadas no trabalho e na realização social?"

Ou: "Não há como superar as discrepâncias no desenvolvimento econômico e social dos países".

Ou: "Não seria errado associar-me aos alemães ou japoneses fascistas, aos russos comunistas ou aos americanos capitalistas?".

Ou: "O que me interessa acima de tudo é minha pátria russa, alemã, norte-americana, inglesa, judaica ou árabe".

Ou: "Tudo o que posso fazer é cuidar da minha própria vida e me sintonizar com meu sindicato dos trabalhadores em confecções. Outros que se preocupem com os trabalhadores em confecções de outros países".

Ou: "Não deem ouvidos a esse capitalista, bolchevista, fascista, trotskista, internacionalista, sexualista, judeu, estrangeiro, intelectual, sonhador, utópico, vigarista, excêntrico, lunático, individualista e anarquista! Onde está seu patriotismo americano, russo, alemão, inglês ou judeu?".

Sem dúvida você usaria uma dessas afirmações, ou outra do mesmo tipo, como desculpa para fugir à sua responsabilidade pela comunicação entre os seres humanos.

"Será então que sou um perfeito inútil? Você não me atribui um mínimo de decência. Está me massacrando. Mas escute aqui. Eu trabalho duro, sustento mulher e filhos, procuro levar uma vida honesta, sirvo ao meu país. Não posso ser tão mau assim!"

Sei que você é um animal decente, trabalhador, cooperador, como uma abelha ou uma formiga. Tudo o que fiz foi desnudar o zé-ninguém que existe em você, que vem desgraçando sua vida há milhares de anos. Você é *grande*, zé-ninguém, quando não é mesquinho e pequeno. Sua grandeza, zé-ninguém, é a única esperança que nos resta. Você é grande quando se dedica amorosamente ao seu ofício, quando tem prazer em entalhar, construir e pintar; em semear e colher; no céu azul, nos cervos e no orvalho da manhã, na música e na dança; no crescimento dos seus filhos e no belo corpo da sua mulher ou do seu marido; quando vai ao planetário estudar as estrelas, à biblioteca ler o que outros homens e mulheres pensaram acerca da vida. Você é grande quando seu neto se senta no seu colo e você lhe fala de tempos remotos e examina o futuro incerto com sua doce curiosidade infantil. Você é grande, mãe, quando embala seu bebê para ele dormir; quando, com lágrimas nos olhos, você ora com fervor pela felicidade futura dele; e quando, hora após hora, ano após ano, você constrói essa felicidade no seu filho.

Será que sou um perfeito inútil?

Você é grande, zé-ninguém, quando canta as canções folclóricas, boas e calorosas, ou quando dança as velhas danças ao som do acordeão, pois as canções folclóricas fazem bem à alma e são as mesmas no mundo inteiro. Você também é grande quando fala com seu amigo:

"Sou grato ao destino por ter sido capaz de viver minha vida livre da ganância e da imundície, de ver meus filhos crescerem e observar seus primeiros esforços para balbuciar, segurar objetos, caminhar, brincar, fazer perguntas, rir e amar; por ter sido capaz de preservar, em toda a sua liberdade e pureza, meu sentimento pela primavera e por suas brisas suaves, pelo gorgolejo do córrego que passa atrás da minha casa e pelo canto dos pássaros no bosque; por não ter tido nenhuma participação nas fofocas de vizinhos perversos; por ter sido feliz no abraço com minha mulher ou meu marido, e por ter sentido o fluir da vida no meu corpo; por não ter perdido meu norte nos tempos difíceis e por minha vida ter tido significado e continuidade. Pois sempre dei atenção à voz suave no meu íntimo que dizia: 'Só uma coisa importa: viver uma vida boa e feliz. Faça o que seu coração mandar, ainda que ele o leve a caminhos que almas tímidas evitariam. Mesmo quando a vida for um tormento, não permita que ela o torne insensível'."

Quando em crepúsculos tranquilos, após o dia de trabalho, eu me sento no prado junto à casa com minha amada ou com meu filho, alerta à respiração da natureza, brota em mim uma canção que eu amo, a canção da humanidade e do seu futuro: *"Seid umschlungen, Millionen...*"*. E então imploro que esta vida faça valer seus direitos e mude os corações dos homens cruéis ou assustados que declaram guerras. Só agem assim porque a vida lhes escapou. E abraço

---

* "Sejam unidos, milhões..." Coral da Nona Sinfonia de Beethoven, a partir de poema de Schiller. (N. do R. T.)

O anseio

meu menino, que me diz: "Pai! O sol desapareceu. Para onde ele foi? Será que vai voltar logo?". E eu respondo: "Sim, meu filho, o sol voltará logo, com seu calor generoso".

Cheguei ao final do meu apelo a você, zé-ninguém. Eu poderia continuar a escrever indefinidamente. No entanto, se você leu minhas palavras com atenção e imparcialidade, conseguirá reconhecer o zé-ninguém que existe em você até mesmo em situações que não mencionei. Pois é sempre do mesmo estado de espírito que se originam todos os seus pensamentos e atos mesquinhos.

Não importa o que você me tenha feito ou venha a me fazer, se você me glorifica como gênio ou me trancafia como louco, se você me idolatra como seu libertador ou me tortura e enforca como espião, mais cedo ou mais tarde sua própria aflição o forçará a reconhecer que eu *descobri as leis da energia viva* e lhe dei um instrumento para que você comande sua vida com a intenção consciente que até agora só aplicou à operação de máquinas. Fui um engenheiro fiel ao seu organismo. Seus netos seguirão meus passos e se tornarão sábios engenheiros da natureza humana. Descortinei para você o vasto reino da energia viva dentro de você, sua essência cósmica. Essa é minha grande recompensa.

E para os ditadores e tiranos, os astuciosos e malévolos, os abutres e hienas, protesto com as palavras de um antigo sábio:

Plantei neste mundo o estandarte de palavras sagradas.
Muito depois de estar murcha a palmeira
e de se ter esfarelado a rocha;
muito depois de monarcas deslumbrantes
terem desaparecido como o pó de folhas secas,
mil arcas levarão minha palavra
pelos dilúvios afora:
ela prevalecerá.

1ª edição 1998 | **2ª edição** 2007 | **4ª reimpressão** abril de 2022 | **Fonte** Times New Roman I
Papel Offset 75 g/m² | **Impressão e acabamento** Imprensa da Fé